応援店限定 書き下ろしSSリーフレット

海里が唐突に香奈を組み敷く。見下ろす視線から感じた熱が、香奈の鼓動を弾ませた。

「かい——」

名前を呼ぼうとしたそばから唇が重なる。ぎゅっと握られた手からも海里の劣情を感じて胸が熱い。

舌を絡ませ合い、甘い吐息が夜空に漏れていく。

そうなるともう流星群を見るどころではなくなる。

「ベッドに行こう」

海里は香奈を抱き上げ、寝室へ連れ去った。星たちが自在に流れる夜空の下、祈りを込めて愛を囁き合う。

その願いが届いたのか、二カ月後、ふたりのもとに幸せな知らせがもたらされた。

目次

覇王な辣腕CEOは
取り戻した妻に熱烈愛を貫く
【大富豪シリーズ】

6

昔の恋に揺れて

人の心は、過去の苦い記憶にどうしてこんなにも乱されるのだろう。

オレンジ色の太陽が水平線の向こうにゆっくり沈んでいくのをセスナ機の窓から眺めていた音羽《おとわ》香奈《かな》は、眼下に姿を現した島に目線を移して小さく息をついた。

「なんだ香奈、ため息なんて」

隣に座る香奈の父、邦夫《くにお》がジェット音に負けない大きな声で話しかけてくる。

決して静かではない機内で、小さな吐息がよく聞こえたものだと感心する。

「今のは、ため息じゃなくて深呼吸。心配しないで」

邦夫の耳に顔を近づけて訂正した。ただの呼吸だと、父だけでなく自分の心も誤魔化す。今さら過去の感傷に浸るなんて無意味だ。

「それならいいが、せっかくのかわいい顔が台無しだから、ため息はいかんぞ、ため息は」

「はいはい」

そういうときは普通〝幸せが逃げるから〟って言うんじゃないのかなと思いつつ、

香奈は黒目がちの大きな目を細める。血色のいい唇を三日月の形にすると、頬骨がふっくらと浮き上がった。

色白で目がぱっちりしているせいか、香奈は子どもの頃、フランス人形のようだとたびたび言われた。それはかわいらしい顔立ちをしていたというよりはむしろ、母の趣味で着させられていたふりふりの洋服のせいだろう。いかにもお姫様みたいなドレスばかりだった。

もう二十七歳だというのに、邦夫にはそのときの印象が強いのだ。

「まもなく到着するぞ。ワクワクするなぁ」

邦夫はダークブラウンのスーツのジャケットを整え、お尻をもぞもぞと動かした。

六十歳を目前に控えているというのに、切れ長の目尻に皺《しわ》を刻んで子どものように目を輝かせる。無邪気な表情は、大の大人にはとても見えない。

この頃白髪が目立つようになってきたものの、体のためにゴルフやジムで汗を流しているおかげか肌の張りや艶《つや》は四十代と言ってもいい。適度に日焼けしているため健康的にも見える。

「お父さん、はしゃぎすぎ」

「それはそうだろう。盛大なパーティーが開かれるんだから」

娘に諌《いさ》められてもなんのその。邦夫は社交的な性質で、昔から人がたくさん集まる場を好む。ホームパーティーが趣味で、家を建てるときにもそのためのスペースを第一に考えたほどである。

「大勢の人たちが集まるから、きっと香奈にも……」

邦夫は歯を見せて笑いながら窓の下を覗《のぞ》きつつ、不自然に言葉を止めた。

「……私にも、なに？」

「ああ、いや、香奈も楽しめるはずだよ」

その先を尋ねると、邦夫はちらっと香奈を横目で見てから微妙に言い回しを変える。はぐらかしたようにも聞こえた。

（なんだろう。変なの）

今夜、この島では日本の各界を代表する人たちを集めたパーティーが開かれる。日本最大手と名高い飲料メーカーの社長である父、邦夫もそのひとり。香奈はそういった場は苦手だが、同伴者という役回りで半ば強引に連れてこられた。

日本のリゾート各地で開催されるパーティーは例年、母が同行してきたが、今回は友人の息子さんの結婚式があるため都合がつかず香奈にその役目が回ってきた。ひとつ年下の妹も誘ったが、外せない約束があると上手に逃げられた。

大きく旋回していたセスナが機体を真っすぐに保ち、次第に降下していく。夜の闇をまといつつある海とは対照的に、滑走路を有するリゾートの敷地内には煌々《こうこう》と明かりがついている。島の一画だけ煌《きら》びやかなライトアップがされ、その様は色とりどりのサンゴ礁《しょう》が海から現れたようにも見えた。

軽い衝撃とともに車輪がキュルキュルと音を立てる。機体は次第にスピードを落とし、静かに止まった。

案内に従いタラップから下りると、懐かしい潮風が香奈たちを出迎える。ふわりと体を撫《な》で、まとわりつくような風だ。

胸元とハーフスリーブにレースがあしらわれたミントグリーンのドレスの裾《すそ》をなびかせ、ヒールの音を鳴らして足を進める。五月半ばの乾いた風が、緩くアップにした香奈の前髪を揺らした。

十八歳のとき、香奈は両親と妹の四人でこの島へ来たことがある。無人島を開発した企業が、リゾートのオープンセレモニーを大々的に開催したときだった。いつにも増して盛大なパーティーになるからと、父に誘われたのだ。

もう九年も前なのに、まるで昨日の出来事のように感じる不思議。目に映る景色と海の匂いが、香奈の時間をゆっくりゆっくり巻き戻していく。

パーティー会場に向かいながら、意識はいつの間にか同じ景色をした過去の記憶に飛んでいた。

＊＊＊

九年前の夏の夕方――。

端にいる人の顔が認識できないほど広いホールには、多くの人が集まっていた。着飾った人たちの熱気のせいか、それとも湿った陽気のせいか、会場内はムンムンしている。

新リゾート誕生を祝うパーティーは、どこもかしこもセレブリティで華やかな人たちばかり。花で例えるならば、高貴なバラがそこら中に咲いている様相である。

ブッフェ形式の立食パーティーのため、あちこちで賑やかな歓談の輪ができており、香奈は妹と一緒に両親のあとをついて回るだけ。鮮やかなカナリア色のワンピース姿は、親鳥を追う雛《ひな》のよう。

知っている人もおらず、両親の後ろでただ笑みを浮かべて歩く。ソフトドリンクは飲み飽き、料理もひと通り手をつけた。

（そろそろ外の空気でも吸ってこようかな）

両親と妹にひと言伝え、ドアボーイが開けてくれた重々しいドアから出た。話に夢中の三人に、香奈の声がきちんと届いていたかどうか怪しい。

背後で扉が閉まると、中の喧騒《けんそう》がぴたりと止んだ。

ホールの外は通路と呼ぶには広い空間が長く伸び、よく効いたクーラーのひんやりした空気が気持ちいい。

神殿さながらの太い柱を左右に見ながら、なんとはなしに足を進めてアーチ形の大きな窓までやってきた。そこからは整然と手入れされた庭が見え、ライトアップを施されたパームツリーやブーゲンビリアが美しい。

（たしか、あの向こうにはプライベートビーチがあるってフロントの人が言っていたような……。ちょっと行ってみようかな）

島には昼過ぎに到着したが着替えなどで忙《せわ》しなく、ホテルの敷地内を散策していない。高校三年生の香奈は夏期講習があるため、明日の朝にはここを発たねばならず、今を逃したらせっかくの海も見られないだろう。

足取りも軽く、庭に続く自動ドアから外へ出た。

瞬間、波の音が迫り、潮の香りに包まれる。湿気を帯びた風が、頬と肩に下ろした髪を撫でていった。

芝生に等間隔で敷かれた大きな石を頼りに、パームツリーの間を縫っていく。リズムよく足音を立てて進むと、突然目の前が開けた。

『わぁ』

思わず声が出る。白い砂浜と深い緑色の海だ。満ち潮なのか、波打ち際はすぐそこ。

今年の夏は塾通いで終わる予定のため、今シーズン最初で最後の海だと思うと気持ちが弾む。昼間だったら青く輝く海が見られたのに残念だ。この島の周りの海は、日本でも屈指の透明度を誇るというのが、リゾートの謳《うた》い文句らしい。

太陽の熱を溜め込んだ砂に足を取られながら、時折綺麗な色をした貝殻やサンゴの欠片《かけら》を手に取っては眺める。

『これ、かわいい。あっ、こっちも』

それまで風でならされていた砂浜をあちこち移動する。砂の上を気ままに歩くのは、息が詰まるパーティー会場より断然気分がいい。

貝殻をいくつも拾い集め、香奈は近くのデッキチェアーに腰を下ろした。

（ちょっとくらいならここにいても平気かな。でも深優《みゆ》を置いてきちゃったから、かわいそうよね。お父さんもお母さんも心配するだろうし）

両親だけでなく妹の深優も気になる。やっぱり会場へ戻ろうと立ち上がりかけ、なんとはなしに自分の耳元に指先で触れ……。

(あれっ?)

ハッとした。

『イヤリングは⁉』

右の耳に着けていたイヤリングがなくなっていたのだ。

『えっ、落とした⁉　嘘でしょう!』

弾かれたように慌てて周りを見回すが、見つからない。

『やだ、どうしよう……!』

ここへ歩いてくる途中で落としてしまったのか。

ムーンストーンとパールをあしらった一センチ四方のイヤリングは、ある思いがあって香奈の一番のお気に入り。大切なそれを失《な》くすなんて考えたくもない。

(どこ?　どこにいったの?)

目を凝らし、下を見ながら来た道を引き返す。外灯があるとはいえ場所によっては暗く、落ちていても見えないかもしれない。

『ほんとにどうしよう、お願い出てきて……!』

焦りに焦って辿《たど》ってきた道を引き返していると、不意に香奈の視界に黒い革靴が飛び込んできた。

驚いて顔を上げ、息を呑む。計算しつくされたと思えるほど、美しい造形をした容姿の男性が立っていた。サラサラの黒髪が潮風に吹かれてなびく様まで、細かく設定が決められているかのよう。

二十代半ばくらいか。香奈より頭ひとつ分ほど高いから、身長は一八〇センチをゆうに超えるだろう。ほどよく引きしまった体躯《たいく》は、光沢を帯びたブルーグレーのスーツの品格をより上げる。一度見たら記憶に残る美貌《びぼう》の持ち主だ。

その男性は、少し鋭さのあるアーモンド型の目を細め、訝《いぶか》しげに香奈を見た。

『ここでなにを?』

香奈の動きを不可解に思ったらしい。

『イヤリングを落としてしまって……。両親や妹が心配するから、早く会場に戻らなきゃならないんですけど……』

『会場? キミも招待客か』

男性の声になぜか落胆が滲《にじ》む。

『はい。今日、セスナ機でここへ来ました』

不可解に思いながらも、もしかしたら捜すのを手伝ってくれるかもしれないと、淡い期待が膨《ふく》らむ。耳に触れながら答えると、男性は香奈のもういっぽうの耳を一瞥《いちべつ》して続けた。

『また買ってもらえばいいじゃないか』

『……はい？』

冷ややかな声で、思っていたものと違う言葉をかけられ混乱する。

『優しい父親に買ってもらったんだろう？　またそうしてもらえばいい』

『えっ……』

皮肉交じりの発言に面喰《く》らう。あまりにもびっくりしすぎて、言葉が喉の奥で貼りついた。香奈はケンカを吹っかけられたようだ。

『キミがお願いすれば簡単なはずだ。これまでそうしてきただろう？』

問いかけておきながら断定的で、癪《しゃく》に障る言い方だ。男性は畳《たた》みかけるように言い放った。

（そんな……ひどい……！）

どうして見ず知らずの人に、突然言いがかりをつけられなければならないのか。それも見当違いも甚《はなは》だしい。

悔しさが胸の奥から湧《わ》いてくる。変な物言いをされたため、香奈も黙ったままではいられなくなった。

『父に買ってもらったわけじゃありません！　これは……これは……っ』

ついカチンときて言い返したはいいが、衝撃的すぎて声が続かない。

（どうしてそんなことを言われなきゃならないの）

握った拳が震える。

でも今ここで彼に事情を話しても仕方がない。憤りを飲み込み、いったん呼吸を整えて言いなおす。

『とにかく、ひとりで捜しますから放っておいてください』

一瞬でも捜してもらえるかもしれないと思った自分が情けなかった。こんな人に手伝ってもらいたくはない。

ところが顔を背けようとしたそのとき、目を点にして唖然《あぜん》とした男性の顔が視界の端に入り込んだ。反論されるとは思ってもいなかった表情だ。

勢いで反撃したものの、香奈はその顔を見て我に返る。

『……すみません、言葉が過ぎました』

なにもそこまで怒らなくてもいい気がしてきた。

『高価なものじゃありませんが、大切なものなのでつい……』

相手がさらに攻撃を仕掛けてこなかったため、苛立ちは急速にしぼみ、冷静さを取り戻していく。わけを知らない相手に、そこまで熱くなる必要もなかったと反省し、香奈は頭を下げた。

それにこんなところで言い争いをしている場合ではない。一刻も早く捜さないと見失ってしまう。

『あの、それじゃ――』

『いや、俺こそ悪かった』

〝失礼します〟と言いかけたが、男性が遮《さえぎ》る。

『パーティーに出席している令嬢なら、父親におねだりして買ってもらうだろうと穿《うが》った見方で嫌味を言った。カッコ悪いな。本当にごめん』

高圧的な態度を突然改め、男性も素直に謝罪する。最初の印象とは正反対、相手はあっさり引き下がった。

拍子抜けして、今度は香奈の目が点になる。

『あ、いえ……』

なんとも言えない空気になり居心地が悪い。

『……では失礼します』

今度こそ退散しようと、会釈してその場を離れようとしたが──。

『大事なものなんだろう？　俺も捜すよ』

男性は捜索に加わると申し出てきた。

（あんな言い合いのあとでそんな言葉が出てくるもの？）

香奈は大きな目をぱちっとさせた。

たしかに最初に声をかけられたときには捜してもらえるかもしれないと期待したけれど、お互いに謝罪し合ったとはいえ、喧嘩のあとの微妙な空気だ。

（でも、どうしよう、頼ってもいいのかな。……お願いしちゃおうかな）

すぐに決断できず迷ったが、ひとりで捜すよりふたりのほうが断然効率がいい。厚意に甘えるほうに一気に傾いた。

『いいんですか？』

『難癖をつけたお詫びだ。一緒に捜そう』

『ありがとうございます！』

男性はそこで初めて香奈に笑顔を見せた。

早速ふたりがかりで捜索がはじまる。男性は砂浜から波打ち際に向かい、香奈はパームツリーの向こうに広がる芝生にまで足を延ばした。敷石をリズムよく踏んでいるときに落としたのかもしれない。

ブーゲンビリアの葉の下や木の根元に転がっていないか確認していたそのとき、早くも男性の声が遠くから響いた。

『おーい！　これじゃないか？』

身を翻《ひるがえ》して彼のもとに急ぐ。男性は先ほど香奈が座っていたデッキチェアーのそばに立ち、指先できらりと光るものを摘まんで揺らしていた。

『今、行きますー‼』

サラサラの白い砂に足を取られながら、やっとの思いで彼の前に立つ。男性は香奈の左耳に残っているイヤリングと見比べ、拾ったそれを差し出してきた。

『これです！　ありがとうございました！　見つからなかったらどうしようかと思って。本当によかった』

受け取ったそれを早速耳に着け、息を弾ませながら頭を下げる。胸を押さえて呼吸を整えた。

『どこにありましたか？』

『そこ』

男性はデッキチェアーの下を指差した。

『えっ、さっき見たんだけどな』

その下なら、いの一番に捜した場所だ。

『視界に入っているのに見えないのはよくあることだ。気が動転していたんだろう』

たしかに失くしたとわかったときに血の気が引いたのは事実。とにもかくにも見つかってよかった。

『ありがとうございます。本当に助かりました』

『よほど大事にしてるものなんだな』

『はい。アルバイトをして初めて自分で買ったものなんです』

『へえ、アルバイト』

男性は感心したように唸《うな》った。パーティーの出席者からは想像がつかず、意外に思ったみたいだ。なにしろ社会的に成功を収めている人ばかりが集まっている。その娘なら、なんでも好きなように買い与えられていると思っても仕方がない。

本好きが高じて書店でアルバイトをしている香奈は、初めてのお給料で両親にささやかなプレゼントをし、残ったお金で自分へのご褒美としてイヤリングを買った。これは初めて自分で稼いだお金で買った、思い入れのあるイヤリングなのだ。

『偏見でものを言って本当に悪かった。パーティーの雰囲気にうんざりしてつい。いや、それは言い訳だな。本当にすまなかった』

『もういいですから。それにパーティーが憂鬱《ゆううつ》になってビーチに出てきたのは私も同じです』

香奈は肩をすくめて笑う。非を認めて素直に謝る姿に好感を持ち、パーティーに辟易《へきえき》していた彼に、急に親近感を覚えた。

どちらからともなく隣り合ったデッキチェアーに腰を下ろす。

『どこかの社長さんですか？』

『俺？　いや、まだ大学生』

自分の胸を指差し、彼が頭を振る。

『そうでしたか。てっきり若くして起業した方かと思いました』

招待されている人たちの顔ぶれから勝手にそう思っただけだが、この人も香奈と同じく家族としてやってきたようだ。

『そんなに老けてる？　これでもまだ大学四年、二十二歳なんだけど』

ショックを受けたのか、男性は眉間に皺を寄せて端正な顔立ちをしかめた。

『あ、いいえ、違います。大人っぽい雰囲気だからそう思っただけなんです。ごめんなさい』

急いで謝る。落ち着き払った様子が、すごく年上に見えただけ。老けているのとは違う。目線や仕草に、色気交じりの優雅さを感じたせいもあるだろう。

「いや、褒め言葉ととるから大丈夫』

男性がにこやかに微笑んだためホッとした。

『キミも大学生?』

『高校生です。三年生の十八歳。……老けてますか?』

『大人っぽいからそう見えただけ』

男性がおどけた目をして言ったため、ふたりで吹き出した。

初めて言葉を交わしたときからは考えられない、友好的な空気に包まれる。

『俺は八雲海里《やぐもかいり》。キミの名前は?』

『音羽香奈です』

『音羽? 『オトワ飲料《いんりょう》』の?』

『はい、父が社長を務めてます』

三年前に亡くなった祖父が若い頃に興した会社を、香奈の父が引き継いだ形である。

三代目をどうしようかと今から頭を悩ませているらしい。

社長になってまだ三年なのに、もう次の世代の心配？と疑問をぶつけたら、『いいか、香奈。早いうちから育てておかなければ企業のトップには立てないのだよ。だから……』と長話がはじまってしまった。

『八雲さんのお父様もどこかの社長さんですか？』

『あんまり言いたくないけど、言わないのはフェアじゃないだろう。Le《ル》・Mo《モ》na《ナ》っていうファッションブランドの会社を持ってる』

『Le・Mona！　知ってます。いつか身に着けたい憧れのブランドなんです』

つい声のトーンが上がる。二十代から三十代の女性をターゲットにしたハイブランドで、SNSやファッション雑誌をいつも賑わせている。アンバサダーの女優も高校生にとって憧れの女性だ。

まさか、その息子と知り合えるとは思ってもみなかった。父についてきてよかったと浮かれるなんてゲンキンだけれど、憂鬱なだけのパーティーだったのに途端に気分が華やぐ。

『あ、父におねだりするわけじゃないですからね？　いつか、ちゃんと自分で稼いだお金で買うつもりです』

『さっきの、相当根に持ってる？』

『それは内緒です』

『内緒か、参ったな』

思わず笑うと、海里は困ったように笑った。

『八雲さんはLe・Monaを継ぐんですか？』

『今、隙《すき》あらば新作を手にできるとか考えただろう。目が光った』

『光ってませんっ。同じような立場の人に対する純粋な興味です。……でも、ちょっと融通はしてもらえるかも？とは思ったりして』

『ほらみろ』

海里は香奈を肘で小突いた。

ちょっとした冗談だ。本気でそうは考えていない。

『俺はやりたいことがべつにあるから、会社は引き継がない。弟が継ぎたいと言ってるしね。悪いな』

『それは残念』

目を細めた彼に『冗談です』と笑って返す。

『でも、学生のうちからはっきり将来を見据えてるってすごいですね』

『そう？』

聞き返されて頷いた。親の会社を継げばいいやと安易に考える人がほとんどではないだろうか。成功している会社ならなおさら。

もちろんそれを存続させていくのは容易ではないし、継ぐほうが楽なわけでは決してないけれど。むしろ後継者は大きなプレッシャーを跳ねのける力も必要とされるだろう。

しかしすでにある道を選ばず、我が道を開拓するのには勇気がいる。それを目指している海里を眩しい思いで見た。

『キミもご両親には多大な期待をかけられてるだろう』

『私は逆です。大学を卒業したら料理や花を習って、家にいればいいと言われて……』

要は花嫁修業をしておけと言うのだろう。

父と結婚して専業主婦になった母を見ていれば、夫を支えるのはとても大変だし、大切なことだとわかっている。それだって立派な仕事であるのも。でも……。

『あまり乗り気じゃない顔だ』

『じつは私もやりたいことがあるんです』

海里はわずかに目を見開いた。

『詳しく聞いても？』

『図書館で司書として働きたいんです』

『本が好きなのか』

『大好きです』

書庫が必要なほどと言っては大袈裟《おおげさ》だが、自宅にはたくさんの本があり、気に入った作品は何度も読み返す。ジャンルを問わずに読み漁《あさ》り、どれも違ったおもしろさがあるためやめられない。

『それなら出版社の道もあるだろうって考えるのは安易か？　なにか理由が？』

『本が好きだからという理由だけじゃないんです。幼稚園のときに遠足で初めて図書館に行ったんですけど、そこで読み聞かせをしてくれたお姉さんがとっても輝いていて。私もこんなふうになりたいと思ったのがきっかけでした』

小中学生のときは学校が終わると図書館へ直行。そこで開催される企画や展示の手伝いをさせてもらうこともあった。

みんなで知恵を出し合って、たくさんの人に読んでもらうための方法を模索する司書のお姉さんの姿がカッコよかった。

高校生の現在も、勉強する場として通っている。あの静けさがたまらなく好きだ。

『キミもちゃんとした目標があるじゃないか』

『でも父があまりいい顔をしなくて。いい結婚相手を見つけて、早く結婚してほしいらしいんです。妹がいるんですけど、ふたりとも娘だからお婿《むこ》さんに期待してて。でも私はしっかり働いて自立したいんです』

『わかる。学生のうちは仕方ないにしても、親に頼らず自分で決めた自分だけの道を歩きたい』

『そうなんです。八雲さんに共感してもらえてうれしい』

思わず自分の手を胸の前で握りしめて喜ぶ。鼓動が弾むのは、ほかの人とでは生まれなかった共通感覚を海里との間に覚えたせいか。

『自分の意志をしっかり持っているキミなら、きっとなれる』

『ほんとですか？　なんか八雲さんにそう言ってもらえると自信が湧いてきます』

『それは光栄だね』

海里がうれしそうに顔を綻ばせる。

『どうしてそんなに前向きなんですか？　コツがあるなら教えてください』

『コツか……』

海里は顎《あご》に手をあてて考えるようにしてから続けた。

『英語で〝impossible〟って不可能だとか、ありえないって意味だけど、〝I〟と〝m〟の間にアポストロフィを入れると〝I'm possible〟、つまり——』

『あっ、〝私はできる〟だ』

彼の言葉にピンときて、思わず先走る。

『そう』

海里は人差し指を立て、にっこり笑った。

『不可能と言ったら最後。可能性の種まで摘みかねない』

『〝私はできる〟精神ですね』

『そう。今、キミと話して、改めて俺も夢に向かって歩く自信が持てた。ありがとう』

『いえっ、私のほうこそですから。八雲さん、ありがとうございます』

言葉は不思議だ。体の中から勇気が湧いてくる。もしかしたらダメかもしれないと思っていた弱気な心が、一気に吹き飛んだ。

出会ったばかりなのに、なぜか彼の言葉なら信じられる気がした。

『海里でいいよ』

『え？』

いきなり話題が変わったため聞き返す。

『呼び方。名字じゃなく下の名前で』

『じゃあ、海里さんと呼びますね。私も香奈でいいです。私のほうが年下なので、呼び捨てでも』

『わかった。香奈って呼ぶよ』

ふたりで微笑み合う。

またいつか会えるだろうか。同じように夢を追う者同士、どこかで会えたらいいなと漠然と思う。

『海里さんって第一印象と全然違いますね』

『え？　どう違う？』

『攻撃的な人かと思いましたけど、話してみると穏やかな人だなって』

『最初の印象、そんなに悪かったか。まぁあんなふうに突っかかったらそうだよな』

出会いの場面を思い出したのか、海里は髪をかき上げてバツが悪そうにした。

『見た目はいいのに中身はちょっと……って思いました』

目を瞬《またた》かせる海里を見て、正直に言いすぎたと気づいた。

『ごめんなさい、初対面なのにズケズケと』

即座に頭を下げる。

『でも、すぐに謝ってくれましたし、これを一緒に捜してくれましたから』

『挽回《ばんかい》できてホッとした』

耳につけたイヤリングを見せながら言うと、海里は屈託のない笑みを浮かべた。

第一印象こそ悪かったが、誠実な人柄なのだろうと想像がつく。なによりも香奈の心を惹きつけたのは、父親の栄光にすがらず将来の目標をしっかり持っている点だ。

香奈の知る御曹司たちとは違う。

『香奈は珍しいタイプだよな』

『そうですか？』

彼の顔を覗き込み、なにを言われるのかと身構える。

『お嬢様っぽくないところが特に』

『あぁそれ、よく言われます。おしとやかじゃないからかな』

『たしかに威勢はよかった』

クスッと笑われ、海里に言い返したときのことを思い返して顔を赤くする。

『恥ずかしい……』

あのときはイヤリングを失くした焦りもあったが、そんなに強い口調で言い返さなくてもよかったのにと後悔した。

『心配するな。いい意味でお嬢様っぽくないと言ってる』

『そうなんですか？』

『俺の周りにはいないタイプ』

きっと海里の周りには、上品で綺麗な人ばかりがいるのだろう。それこそ〝社長令嬢〟という言葉がぴったりの女性たちが。簡単に想像がつくのと同時に、なぜか落ち込む。

『まだ高校生なのに自分の足でしっかり立とうとしてる、立派な女性だ。素敵だと思うよ』

『えっ……』

その言葉に特別な意味はない。社交辞令に毛が生えただけだとわかっているのに、男の人にそんなふうに褒められたことがないため鼓動は勝手に乱れる。

たかが四歳差とはいえ、高校生と大学生とでは大きく違う。香奈からすれば大人の男性に認められたうれしさと気恥ずかしさがあり、顔が一気に熱を持った。ここへきて海里の容姿のよさが際立つのもいけない。

『……ちょっと波打ち際に行ってきますね』

そこから逃げるように立ち上がり、海に向かう。きっと彼は香奈がドキッとしたのを察したのだろうと思うと、たまらなく恥ずかしい。

二十二歳にもなれば、おそらく恋だって経験済み。スペックの高い彼なら、綺麗な女性たちを相手にしてきただろう。

たかだか『素敵だと思うよ』と言われたくらいで動揺する、子どもじみた反応を激しく悔やむ。

（たまたま会っただけの人にどう思われようと関係ないのに……。私、どうしちゃったの？）

自分で自分がわからないまま、波打ち際までやってきた。波は静かに打ち寄せては返していく。

水をたっぷり含んだ白い砂に足跡をつけ、香奈も波の真似をして行っては戻る。

きっと香奈がこうして波と戯れているうちに、海里は会場へ戻るだろう。落とし物が見つかったのだから、それでおしまいだ。

ちょっとした寂しさを覚えたが、気のせいだと思いなおした。

ところが、香奈の予想は見事に外れる。寄せてきた波から逃げようとしたそのとき――。

『濡れるぞ』

すぐそばから海里に声をかけられ、腕を取られる。抱き留められる格好になり、その弾みでイヤリングが砂浜に落ちた。

『また失くす気か』

先ほど着けなおしたときに、しっかり留められなかったのだろう。

香奈が体勢を立てなおしているうちに海里はそれをすかさず拾い上げ、顔の前でぶら下げる。

『すみません……！』

彼と密着した恥ずかしさで目があちこちに泳ぐ。

海里はふっと笑いながら、手にしていたイヤリングを香奈の顔の前に突き出した。

『これ、着けようか？』

『えっ』

戸惑っているうちに彼が香奈に手を伸ばす。

不意に彼の指先が耳に触れ、肩がビクッと跳ねた。不慣れな反応が情けない。

最初に声をかけてきたときに尖っていた彼の眼差しはすっかり影をひそめ、優しいものに変わっていた。

勝手にどぎまぎして、香奈は不自然に目を逸らして自分の足元に視線を落とす。かといって足を見ているわけではなく、意識は彼の挙動に集中していた。

『よく似合ってる』

『あ、りがとう……ございます』

たどたどしく返して目線を上げていくと、どことなく甘さを帯びた目とぶつかった。

緊張を強いられ、体が強張る。視線を外そうとするのに、海里の真っすぐな眼差しに捕らえられていた。

息を詰め、全神経を彼に注ぐ。波の音も潮風も止み、ふたりだけの世界にいるよう。

『香奈』

囁《ささや》くような声で海里に名前を呼ばれ、緊迫感が最高潮に達したそのとき。

『海里くーん……海里くーん、どこー？』

遠くから海里を呼ぶ女性の声が聞こえてきた。

ピンと張った糸が突然ぷつんと切られ、揃《そろ》って視線を泳がせる。

香奈は身じろぎをして取り澄まし、海里は声がしたほうに振り返った。

ザッザッと砂を踏みしめる音が近づき、人の気配が迫ってくる。ドクンドクンと心臓が音を立ててうるさいほどだった。

『海里くん、こんなところにいたの』

『……柚葉《ゆずは》』

ブーゲンビリアの向こうからすらっとしたスタイルの女性が現れ、あっという間に香奈たちの場所まで来た。

月明かりが、垂れ気味の優しげな目元の美女を映しだす。風になびくストレートロングの黒髪を片手で押さえながら、視線が海里から香奈に移った。

『誰？』

桜の花びらのような薄い色味をした、彼女の小さな唇が動く。答えを求めて海里を見たあと、彼の腕に自分のそれを絡めた。

（恋人、なのかな……）

ふたりを見比べながら会釈を返す。

彼を呼びに来たということは、彼女もこのパーティーの参加者。つまりどこかの令嬢だろう。海里の隣に立っても決して負けない品がある。

『彼女が落とし物をして、一緒に捜してた』

『そう。……なかなか戻らないからどうしたのかと思って』

静かな目をして香奈を見たあと、海里に向かって笑いかける。探るような空気を彼女から感じた。

『悪い。ちょっと話し込んでたから、な？』

海里に微笑まれ、どう返したらいいのかわからず、ぎこちない笑顔を返す。わけもなく後ろめたい。

女性は香奈をもう一度見てから、海里の腕を引っ張った。

『みんなが待ってるから行きましょ』

『ああ』

女性に腕を引かれながら、海里が振り返る。なにか言いたそうに唇が動いたが、読み取れないのがもどかしい。

先ほどの余韻が消せず、香奈は彼の姿が見えなくなってもそこから動けなかった。

＊＊＊

「香奈、こっちへおいで」

物思いに耽《ふけ》っていた香奈を九年後の現実に呼び戻したのは、父、邦夫の声だった。

飲み終えたシャンパングラスを持ったまま遠い記憶に飛んでいた香奈の耳に、会場内の喧騒が飛び込んでくる。眩しいほどの華やかさは、豪華なシャンデリアのせいばかりではない。九年前と同じく、男性も女性も一流と言われる階級の人たちが集まっている。

邦夫は少し離れたところで、三十代そこそこの背の高い男性と話していた。

グラスをウエイターに預けて父のもとへ急ぎ、会釈する。

「こちらはね、香奈……」

どこそこの会社の御曹司だと、邦夫が男性について説明をはじめる。大学ではなにを専攻していたか、今はどんな仕事をしているか。

男性との会話が終わると、またべつの男性へと移っていく。次から次へと紹介され、何人かすると誰が誰だかわからなくなった。

そうして紹介がいったん止み、邦夫が声をひそめて尋ねる。

「どうだ、香奈。いいと思う男性はいたか？」

どことなく期待に満ちた目は輝いていた。

「お父さん、やめて」

「せっかくの機会じゃないか。これだけ集まっているんだから、ひとりくらいピンとくる人がいるだろう？　父さんが取り持ってやるから任せなさい」

ドーンと胸を叩き、深く頷く邦夫を見て察した。

「もしかして、今日ここへ私を連れてきたのはお婿さんを探すため？」

「えっ？　あ、うんまぁ、そんなところ、かな？」

邦夫が激しく目を泳がせる。娘に指摘され、しどろもどろだ。

「そんな話は聞いてないからね？」

ここへは母の代わりとして来たのだから。

「香奈はもう二十七歳なんだぞ？　ここらでゲットせずして、いつすると言うんだい？　いいか、香奈、男性女性問わず、相手は早い者勝ち。のんびりしていたら立派な人はあっという間に誰かのものになってしまうんだよ」

邦夫が身振り手振りで力説する。絶好のチャンスを逃してなるものかと興奮気味だ。

音羽家の長女として生まれた以上、いつかは父の思い描くような男性との結婚が待っているのはわかっている。しかし今すぐ候補を決めろというのは、少々乱暴ではないか。

父の助けになるような相手、たとえばどこかの御曹司と結婚するのだとしたら、おそらく香奈は仕事を辞めて夫を支えなければならないだろう。

せっかく夢を叶えて司書となった今、その仕事を失いたくなかった。

「でも私は司書を続けたいの」

「五年間、司書の仕事を全うしたあとは、縁談を進めてもいいという約束だったじゃないか。付き合っている人もいないだろう?」

「それはそうなんだけど……」

大学を卒業したとき、たしかに父とそういう約束をした。しかし、いざそのときが迫ると、なかなか踏ん切りがつかない。

「そんなに仕事を続けたいのなら、それを了承してくれる相手にすればいい。これだけ大勢が集まっているんだ、ひとりくらいはそういう人もいるだろう」

「そんな簡単に言わないで」

「ともかく——」

「私、ちょっとトイレに行ってくる」

切々と語る邦夫を遮り、身を翻す。もちろんトイレは〝婿探し〟から逃れる口実だ。邦夫にもそれはお見通しだったのだろう、香奈を引き留めようとしたが、父と同年代の男性に話しかけられて伸ばした手をやむなく下げた。

(何歳になっても、やっぱりこういうパーティーは苦手だな)

これまでも何度か経験してきたが、回数を重ねてもいっこうに慣れない。

香奈は会場を出て、ふらりとビーチに向かった。今を盛りに咲き誇るブーゲンビリアは、あのときのよう。海から穏やかに吹く風に揺れ、〝おいで〟と香奈を誘っているみたいだ。

九年前に華々しく開業したこのリゾートは、数年前に経営の危機に陥り廃業寸前だったらしい。べつの企業が名乗りを上げて買い取り、現在は再び世間の脚光を浴びていると聞く。

ホテルや敷地内の施設は当時の姿を残したまま改修されたため、見た目は昔と変わらない。ビーチに続く芝生や敷石も、香奈の記憶にあるものと同じ。鼻先をくすぐる潮の香りも月明かりも、あのときのままだった。

懐かしいというよりは、ついこの前ここを訪れた感覚さえする。目に入る景色があの頃と変わらないからだろうが、香奈の気持ちが止まっているせいもあるのかもしれない。

思い出に浸りながら建物を出てすぐ、黒いシックなドレスに身を包んだ五十代後半くらいの女性がいることに気づいた。下を向き、なにやら捜し物でもしている様子だ。

「どうかされましたか？」

香奈が声をかけると、女性が顔を上げる。切れ長の一重瞼がクールな印象の知的な美人だ。

「イヤリングを落としてしまったの」

外の風にあたるために出てきたら、歩いているうちに落としてしまったという。

「それはお困りですよね。一緒に捜します」

悲しそうに眉尻を下げる女性を放ってはおけない。いつかの自分の姿にも重なった。

「まぁ、いいの？　助かるわ。これと同じものなの」

女性は残っている右耳のイヤリングを指差した。花をあしらったダイヤモンドの上品なイヤリングだ。

「わかりました」

女性が歩いてきた道筋を尋ね、その場所を辿っていく。昔、香奈が落としたイヤリングより小ぶりだから、よく目を凝らさないと見落とすかもしれない。

香奈は腰を屈《かが》め、注意深く捜した。あのときもこうしてあちこち駆けずり回ったなと思い出しながら。

そうして五分ほど経った頃だろうか。建物近くの大きな敷石の上で、外灯に反射してきらりと光るものがあった。

（あっ、あれかな）

数歩駆け寄って拾い上げる。これだ。

「ありました！」

植込みのほうに向かって声を張り上げると、女性はドレスの裾を揺らして大急ぎでやってきた。

「これでしょうか」

「そう！　これよこれ！　あぁ、よかったわ。結婚記念日に夫からプレゼントされたものなの」

女性は大きく息を吐き、胸を撫で下ろす。

「それは大切なものですよね。見つかってよかったです」

「本当にありがとう」

女性はイヤリングごと香奈の手を握った。とても柔らかくあたたかな手だ。

「私もここで、イヤリングを失くしたことがあったんです」

「そうだったのね。それで見つかったの？」

「はい、これなんです」

香奈は自分の耳を指差した。あのときと同じイヤリングを今日も着けている。

「まぁそう。素敵なイヤリングね。あなたも失くさずに済んでよかったわ」

「はい」

「本当にありがとう。心から感謝するわ。これからのあなたにたくさんの幸せがありますように」

女性は優しくそう言って穏やかに微笑み、背を向けた。

香奈も会釈を返して見送り、ビーチに向かう。

(見つかって本当によかった。結婚記念日のプレゼントなんて、本当に大切なものでしょうし)

捜し物は、意外と自分では見つけられないものなのかなと思いながら、白い砂に足を進める。海の景色も以前と全然変わらない。

「昔に戻ったみたい」

乾いた砂がパンプスの中に入り込んだため思いきって脱ぎ捨て、靴下タイプのストッキングはハンドバッグに入れた。

夜の空気に冷やされた砂は、体温より少し低いくらいだ。さらさらした感触が心地いい。

このまま少し歩こうと、パンプスを片手に持ちながら波打ち際を横目にぶらぶらしていると、向かいから歩いてくる人影が見えた。

(あの人もパーティーから抜け出したのかな)

自分と同じ人がいると知り心強い。

(そういえば前もそうだったたな。海里さんもパーティーに嫌気が差してここに来たんだよね)

そんなことを思い返し、寄せては返す波を眺める。

その人との距離が縮まっていくのを視界の隅に捕らえながら歩き続けていたそのとき——。

「香奈?」

聞き覚えのある声をかけられた。考えるより早く鼓動が大きく弾む。足を止めて息を詰め、近づいてきた人を凝視した。

ほんの一瞬だけ、自分がどこにいるのかわからなくなる。いきなり九年前に引き戻され、頭が混乱した。まるであのときの光景が目の前で再生されているよう。

「海里さん……」

久しぶりに見る初恋の人——海里の姿だった。

サラサラの黒髪を風になびかせ、涼しげな目をして香奈を見る。ブルーグレーのジャケットを片方の肩に掛け、ホワイトシャツに千鳥格子の赤いネクタイが憎いほど似合っていた。

三十一歳になった彼から昔以上の色香が漂い、覚えた目眩でわずかに視界が揺らぐ。いや、目眩は彼の外見のせいだけではない。初めて出会った場所で再会するという運命的なシチュエーションのせいもある。

そしてそれ以上に、激しく高鳴る鼓動の仕業でもあった。

「久しぶりだな」

「はい……」

動揺など全然していないふりを装いたいのに、目線はあちらこちらに揺れ、言葉もそれきり出てこない。懐かしさと切なさが入り混じり、感情はぐちゃぐちゃだ。

海里とは九年前のパーティーのあとに偶然再会し、たびたび会っていた。でも恋人だったわけではない。完全に香奈の片想いだった。

それでも大好きだった人の登場に狼狽《ろうばい》する。

「少し話さないか？」

「はい、少しなら」

迷いもせずに応じたくせに、彼に言われたから話すだけ、本当は時間がないんだけどというのを匂わせたのは香奈のささやかなプライドである。

海里と並んでデッキチェアーに腰を下ろした。背筋は伸ばしたまま、膝の上で両手を揃えてかしこまった状態。出会った当時と光景が重なり、心は大きく揺さぶられる。

「久しぶりなので照れますね」

「だな。元気だったか？」

「……はい」

出会った日がつい昨日の出来事のように感じるのに妙な間が空き、空白の月日の重さを思い知る。ぎこちなさは否めず、居心地の悪さを感じずにはいられない。

この空気をどうしようかと、海のほうを向いたまま彼を横目でチラッと見る。すると海里がちょうど香奈に顔を向けたため、ばっちり目が合ってしまった。

「盗み見したくなるほどイイ男になっただろ？」

「そ、それ自分で言います？」

決してそういうつもりで見たわけではないが、彼の男ぶりが上がったのは事実だ。

海里は組んだ足の上に肘を突き、目を細めて笑った。流し目のテクニックまで身に着けたらしい。吸い込まれてしまいそうな魅力に、ひとりどぎまぎする。

「香奈が言ってくれないから自分で言うしかないだろ」

「私が言わなくても、ほかの女の人たちが言うでしょうから」

優れた容姿の海里に惹きつけられる女性はたくさんいるはずだ。大学時代だってそうだっただろう。

「それはヤキモチと同意と取っていいか？」

「ちっ、違います。嫉妬《しっと》なんてしませんから」

悪態をついて緊張を誤魔化したが——。

「綺麗になったな、香奈」

柔らかい笑みで言われて、鼓動が飛び跳ねた。

「私は昔から綺麗なんです」

彼を真似てジョークにする以外にない。海里も笑ってくれたから成功だろう。

「相変わらず元気はいいみたいだ」

ふと海里が香奈の足元に目線を落とす。

「あっ、これは……パンプスを脱いで歩いたら気持ちいいだろうなって思って」

「それでどうだった？」

クスクス笑いながら尋ねてきた。

「サラサラした砂が気持ちいいですよ。海里さんもやりませんか？」

「いや、俺はやめておく。大人だし」

いたずらっぽい目をして海里がからかう。

「私だってもう大人です。でも、たまには遊び心が必要なだけで」

あの頃は四つの年の差がとても大きかった。でも今は違う。もう子どもではないのだと言っておきたかった。

でもそれをわかってもらったところで、ふたりの関係に変化はないだろう。

唇を尖らせる香奈を見てさらに笑いつつ、海里がふたりの共通の友人の名前を出す。

「真司《しんじ》はどうしてる？」

「真司先輩も元気です」

「そうか……」

海里と真司は仲がよかったはずだが、アメリカに渡ったあとは連絡を取り合っていなかったのだろうか。

（そういえば真司先輩からも海里さんの話題はほとんど出なかったな。あまり触れたくないから、私も聞かなかったし）

海里が帰国していることも、真司はもしかしたら知らないのかもしれない。

「今も……」

なにかを言いかけ、海里は言葉を止めた。

「〝今も〟なんですか？」

聞き返したが、海里は首を横にひと振りして「いや」と取り繕《つくろ》う。

「だけど本当にびっくりしました。海里さんがパーティーに出席してるなんて思わなかったから」

「俺も香奈がいて驚いた」

広い会場のため、今ここで会わなかったら、互いに存在を知らないまま終わっていただろう。

「いつ帰国したんですか?」

「三カ月くらい前かな。まぁ今もあちこち飛び回っているけど」

海里は大学を卒業と同時にアメリカに渡っていた。

「やりたいことをちゃんと叶えてるんですね」

父親が社長を務めるファッションブランドは継がないとあのとき言っていたが、海里はそれを見事に実行している。

あちらで立ち上げたECサイトは大成功。今やアメリカや日本のみならず世界でも多くの利用客がいると聞く。海里がそんな超大手企業を率いる『YAGUMOホールディングス』のCEOを務めているのは香奈も知っている。

さらに海里は、それを足掛かりに不動産や開発なども世界中で手掛け、巨万の富を手にしていると、何度かネットのニュースで見ていた。

「世界的にも有名な大富豪だってニュースを見ました。〝秀麗なるEC業界王〟って。すごいですね」

総資産は何百兆円にも及ぶのだとか。香奈の父親も社長だが、規模も桁《けた》も違う。目眩《めまい》がする数字だったため香奈はよく覚えてないものの、生きる世界が違うと言っていい。

「脇目も振らずに走ってきた結果がそうだっただけ。自分ひとりの力でそうなったわけじゃない」

仕事で成功を収めた人はやはり謙虚だと感心する。自信のない自分を自信過剰になることで隠して見栄を張る人もいるが、海里はそうではない。

「でも遊園地の貸し切りとか、プライベートジェットで世界中を飛び回るのは普通ですよね。あとは油田を持っているとか。私とは全然違う生活なんでしょうね」

「俺はアラブの石油王じゃない。べつに普通の生活と変わらないよ。コンビニ弁当だって食べるし」

「そうなんですか？　大富豪のイメージが……」

「いったいどんなイメージを抱いてるんだよ」

海里がおかしそうに笑う。

香奈が想像する大富豪と海里は、合致しないのかもしれない。

「香奈は？　司書になる夢はどうした？」

「おかげさまで『言《こと》の葉《は》ライブラリー』で働いてます」

「あの図書館か」

その図書館こそ、香奈が幼稚園時代に憧れを抱いた場所である。子どもの頃からずっと通いつめ、無類の図書館好きだと館内の職員の間でも有名だった。

そしてまた、海里とたびたび一緒に過ごした場所でもある。

長年の夢が叶い、そこで司書として働ける日々は、香奈にとって大きな喜びだ。

「海里さんがあのときここで私の背中を押してくれたから、自信を持って突き進めたんです」

「〝私はできる〟精神？」

「はい」

海里に励まされなかったら諦めていたかもしれない。そうしていたら、今頃は父に根負けして花嫁修業とお見合い三昧だっただろう。

周囲のみんなが眉を顰《ひそ》めるなか、初めて共感してもらえたのはそれくらい大きな力だったのだ。

「で、次の夢が遊園地の貸し切りってわけか」

「違いますっ」

それはただの例えである。

「そう？……あっ、それ、あのときのだろう？」

海里の目線が、不意に香奈の耳元に移る。

「あぁ、これ……はい」

あれからイヤリングはいくつも買ったが、変わらず大切なものである。この島で開催されるパーティーに行くと決まったときから、これを着けようと決めていた。

（もしかしたら、このイヤリングが海里さんと引き合わせたの？）

乙女チックに夢を見て、即座に違うと否定する。たまたまだ。

「本当に大切にしてるんだな」

「海里さんがあのとき見つけてくれなかったら、今頃この砂の奥深くで眠っていたかもしれませんね」

「だな。まぁ、もしも見つけられなかったら――」

海里の言葉が、賑やかな様子でやってきた男女数人のグループに掻き消される。

おそらく彼らもパーティーの参加者、御曹司や令嬢たちだろう。大きな声で話しながら波打ち際まで行き、はしゃぎはじめた。

「そろそろ戻るか」

「はい」

今頃、父が捜しているかもしれない。

もう少し話していたかったと感じているのは、きっと香奈だけ。海里はそんな感傷的な気持ちにはならないだろう。

「貸して」

「え?」

「パンプス。そのまま戻るつもり?」

「いえ、履きますけど……」

香奈が戸惑っているうちに海里がパンプスを奪う。砂を払って跪《ひざまず》き、そっと香奈の足元に置いた。

「足、出して」

海里の手が香奈の足に伸びる。

「えっ、大丈夫です。自分でできますから」

砂を払おうと言うのだろうが、そんな真似までさせられない。抵抗して膝を深く折り曲げたが——。

「いいから、ほら」

半ば強引に砂まみれの足を取り、海里が丁寧に払っていく。優しい指先が触れるのに合わせて弾む鼓動がうるさい。

海里は最後にパンプスまで履かせ、香奈の手を取り立ち上がらせた。

「行こう」

「……はい」

握られた手はすぐに解け、余韻だけが残る。

海里の背を追って戻った会場は、先ほどと変わらず華やかなムードで満ちていた。

「それじゃ、ここで」

「ああ、またな」

たぶん香奈たちに〝また〟はない。儀礼的な挨拶で別れ、香奈は父のもとへ向かった。

「香奈、どこへ行っていたんだ？　なかなか戻らないから心配したんだぞ」

「ごめんなさい。ちょっとロビーで休んでたの」

「そうか。もう大丈夫なのかい？」

邦夫は頷く香奈の背中をそっと押し、ひとりの男性と向かい合った。

「こちらはね、香奈……」

婿探しの続きらしい。邦夫は新たな男性に香奈を紹介しはじめた。

父と男性の話に相槌を打ちながら、海里を目で追う。

すると彼のもとにひとりの女性が親しげな様子で近づいてきた。胸元にかかったサラサラの長い黒髪が美しい。

（あっ、あの人……柚葉さん？）

見覚えのある美女だった。膝までスリットの入ったサーモンピンクのドレスがよく似合っている。

北垣《きたがき》柚葉——九年前のパーティーでビーチに海里を呼びにきた女性であり、彼の恋人だとあとで知らされた人物でもある。

（今もお付き合いしてるのかな……）

楽しそうに話す様子からは、順調に交際を重ねているのがわかる。

「あのふたり、お似合いよね」

「ああ。近々結婚するらしいよ」

香奈の耳が、海里たちのほうを見ながら話す男女の会話を拾う。

（結婚するんだ……。そっか、そうだよね。美男美女でお似合いだもの）

もうとっくに吹っ切った恋のはずなのに、胸に鈍い痛みが走った。二度振られた気分になるなんてどうかしている。

（いい加減、きっぱり忘れなきゃ。海里さんは柚葉さんのものなんだから）

昔の恋に揺れている場合ではない。自分を言いくるめ、香奈はふたりに張りついた目を無理やり引き剥がした。

＊＊＊

九年前、二度と会うはずのない海里と再会したのは、パーティーから一カ月が経った夏休みの終盤だった。

香奈は受験勉強の真っただ中。中学から大学までの一貫校に通っていたが、司書養成課程がある大学に進みたいため、受験する道を選んでいたのだ。三年生の夏を制する者は受験を制すると学校の先生に叱咤《しった》激励《げきれい》され、猛勉強している最中だった。

集中するなら、誘惑がたくさんある自宅より図書館がいい。香奈は午前中の夏期講習が終わったあと、午後から閉館にかけて図書館で過ごすスタイルをルーティンとしていた。

ある日、『ここいいですか？』と向かいの空席を尋ねてきたのが海里だった。

目が合い、揃って数秒間フリーズ。その後、『あっ！』とふたり同時に上げた声が館内に響き、近くで本の整理をしていた図書館のスタッフに目で〝静かにね〟と注意されてしまった。

顔を見合わせ、自分の唇に人差し指をあてて笑い合う。パーティーで出会ったときの光景が蘇《よみがえ》り、海にいるわけでもないのに潮の香りがしたような気がした。

たった一カ月しか経っていないのに、さらに大人っぽくなった彼が香奈の鼓動を弾ませる。なによりも気分を高揚させたのは、ドラマティックな再会だ。

約束したわけでもないのに、この広い世界で再び会えた奇跡。それはあの海で微かに、そして密かに覚えた淡い想いの残像を甘く刺激した。

海里は香奈の向かいの席でノートパソコンを広げ、書架から集めてきた難しそうな本をたくさん積み上げていく。香奈が目を丸くすると、卒論執筆のための資料だと笑った。

眩しい笑顔を直視できず、目を逸らす香奈のぎこちなさといったらない。あの日、会話をしたのはほんのひととき。それなのに確実に、完全に、運命的な再会に酔っていた。

月日とともに思い出が美化されてしまったか。それとも両親の期待とは違う道を選ぼうとしている、同じ境遇のふたりに芽生えたシンパシーがそうさせるのか。

ひっそりと息づいていたのかもしれない想いの欠片を見た気がして、ドキッとする。

目の前に、海里がいる。――あの海里が。

その事実にときめきを覚えずにはいられなかった。

ところが真剣な様子で卒論に取りかかる彼は、香奈がいることなど忘れてしまったかのよう。

それを寂しく感じるのと、そんな彼を見られて喜ぶ自分に、またもや動揺した。

(私も勉強しなくちゃ)

気を取りなおしてノートに向かうのに、彼をチラチラと見るのを止められない。さすがにそんな視線に気づいたのか、海里と目が合った。

【どうした。どこかわからないところがあるのか?】

海里は手を伸ばし、香奈のノートに走り書きをした。

ただ見ていただけとは当然言えない。機転を利かせて【ここの意味がわからなくて】と彼の文字のそばに書き、英語の長文読解を矢印で指し示した。その部分で止まっていたのは事実だが、咄嗟《とっさ》の嘘である。

海里が【見せて】と書いたため、香奈は問題集を彼のほうに向けた。

すぐに読み解いた海里が、問題集にさらさらと解説を書いていく。その文字の美しさに見惚《みほ》れ、彼の聡明さに感心し、ドキドキと高鳴る胸に手をあてる。

いったい何度、鼓動を弾ませればいいのだろうと気が気でなかった。

その日から、大学が近いという海里とは図書館でよく会うようになった。

受験勉強と卒論執筆。やることは違っても、そこで一緒に過ごせるだけでうれしかった。

優秀な彼に勉強を教わることも多く、香奈のモチベーションはぐんぐん上がり、比例して模試の点数も上がっていく。

『よくできたな』

彼に褒められたくて、頭を撫でられたくて必死に勉強した。

アイスクリームが唐突に食べたくなり、参考書を広げたままふたりで近くのコンビニに足を伸ばしたこともある。

『図書館に着いてから食べよう』

そう言ったのにふたりで遠回りしたのは、もう少し一緒に歩いていたかったから。

もちろんそれは香奈だけで、海里がどう思っていたのかは知らない。

戻ったときにドロドロに溶けたアイスを見て笑い合ったのが、つい昨日のことのように思い出される。

そうして図書館での交流を重ねていたある日、香奈は街で偶然、海里と会った。しかも彼は、香奈が高校一年生のときのふたつ年上の先輩、岩井《いわい》真司を連れていた。

真司とは図書委員がきっかけで仲良くなり、彼の卒業後もメッセージのやり取りをしたり一緒にカラオケに行ったりなど、親しくしている間柄であった。

香奈と真司がそうであるように、真司と海里は高校時代の先輩後輩。しかも現在通っている大学まで一緒だという。

香奈と海里は学年が四年離れているため同時期に高校生ではなかったが、そんな事実を知り、テンションはさらに上がる。海里との出会いは、もはや運命に約束されたも同然なのではないかと。

リゾート地で出会った彼と一カ月後に偶然の再会を果たし、共通の友人がいる事実は、香奈の心を大きく弾ませた。

それなのに、ふたりの関係性はいっこうに深まらず平行線のまま。知り合い以上友人未満の域をなかなか脱しない。

もどかしさを募らせていたあるとき、図書館でいつものように海里とふたりで勉強していると、思わぬ人物が現れた。あのパーティーのとき、ビーチに海里を呼びにきた女性である。

『海里くん、いつもここに来てるって言ってたから来ちゃった』

そう言って笑う彼女は、あの日のようにとても美しかった。

香奈の存在に気づき、『あなた、パーティーのときの……？』と訝しむ。〝どうしてふたりで？〟と嫉妬心の滲む眼差しだった。

（この人、海里さんを好きなんだ）

そう悟ったときに初めて、香奈も自分の気持ちに気づいた。もしかしたら海里と初めて会ったときから恋心は芽生えていたのかもしれない。

淡く、今にも消えてしまいそうなほど儚《はかな》い想いだったとしても、あの海でたしかに生まれ、密かに息づいていたような気がする。

それからというもの、柚葉は海里に会いに図書館をたびたび訪れた。卒論に取り組む彼の隣で本を読んだり、たまに香奈の勉強を眺めたり。ふたりだけの聖域を侵されたように感じて悲しいのは、たぶん香奈だけ。海里はなにも感じていなかっただろう。

そもそも論で、恋人でもない香奈に彼をひとり占めする権利はない。

話によると、柚葉は香奈よりひとつ年上の大学一年生で、海里とは幼馴染《おさななじみ》だという。真司の情報では、広告代理店の社長を父に持つ令嬢らしい。

小さい頃にはなにをするにも海里が一緒だったと彼女から聞き、羨《うらや》ましさと少しの妬《ねた》ましさが入り混じる。救いは、ふたりが恋人同士ではないことだった。

香奈にもまだチャンスはある。そう思いながらも、今は受験に集中するときだと恋心をなんとか押し込めた。恋愛にうつつを抜かして受験に失敗したら、それこそ海里に呆れられ、最悪の場合嫌われるだろう。

そうして年が明けた一月中旬、香奈は見事AO入試で第一志望の大学に合格。海里も卒論をほぼ仕上げ、図書館でふたり、あたたかいウーロン茶で祝杯をあげた。

もう恋心を隠しておく必要はない。人生初の告白をしようと、深優に相談しながらバレンタインデーを待った。想いを打ち明ける絶好の機会を狙ったのだ。

ところが海里はそれ以降、図書館に姿を現さなくなった。香奈は来る日も来る日も足を運んだのに、彼は来なかった。

卒論が完成したため、通う必要がなくなったのは一目瞭然《りょうぜん》。彼に会えるかもしれないと時間を見つけて通っていた自分と、彼との温度差を痛感せざるを得なかった。

しかも困ったことに、香奈は海里と連絡先を交換していなかった。いつか教えてもらおうと思いつつ、なかなか言い出せずにいたのだ。図書館へ行けば会えたため、今は十分だと我慢していた。

それなのに唯一の繋がりである図書館に彼が来なくなった。

もう二度と海里には会えないのかもしれない。そう悲観して焦り、バレンタインデーも迫る。

悩んだ挙句、一縷《いちる》の望みを託し、香奈はチョコを渡したいと真司に相談した。

最初は勉強を教えてくれたお礼を口実にしたが、彼への想いは隠しきれなかったのだろう。真司に『それ、マジのやつだろ』と言われ否定できなかった。

どうしたら海里に会えるか尋ねたが、このところずっと忙しくしているようだと言われた。

『大学でたまにすれ違うから、俺から渡しておこうか』

そう提案され、丸一日悩んだ。

できれば直接渡したいが、卒業を控えて忙しくしているのなら邪魔はできない。自分の連絡先を忍ばせ、真司にお願いしようと決めた。どうか想いが届きますようにと強く祈りながら。

図書館で過ごした日々が香奈を勇気づけ、自信を持たせる。

もしかしたら、海里も少しは好意を持ってくれているのではないか。香奈のチョコレートを喜んで受け取ってくれたのではないか。

浮ついた心で真司の報告を待ち焦《こ》がれた。

ところがバレンタインデー翌日、真司にもたらされた残酷な結果に打ちのめされる。

海里はチョコレートを受け取らなかった。

なにより愕然《がくぜん》としたのは、その理由だ。柚葉と付き合うから、ほかの女の子のチョコレートは受け取れないと断られたと言うのだ。たとえ香奈のチョコレートが義理であれ、お礼であれ、恋人の柚葉を傷つけたくないからと。

海里のそんな真摯なところが恨めしかった。せめて受け取ってくれてもよかったのにと。

しかし、よく考えてみれば、それは当然の結果。なにしろ香奈は、彼から連絡先すら教えてもらえなかったのだから。

橋渡しをしてくれた真司の苦しそうな顔は今でもよく覚えている。

『ごめん』

真司が悪いわけではないのに何度も謝った。

『やだな、真司先輩が謝らないで。私こそ嫌な思いをさせてごめんね』

香奈が謝罪すると、真司はますます申し訳なさそうにしていた。

図書館で会ううちに仲が深まったと思っていたのは香奈だけで、彼にしてみれば彼女候補はもちろん、友達でもなかった。そんな香奈の想いなど受け取るはずがない。

完全にひとり相撲。香奈は勝手に盛り上がり、舞い上がっていただけだったのだ。

図書館で邪魔者だったのは、柚葉ではなく香奈だった。

香奈の苦い初恋は、こうして幕を下ろした。

海里がアメリカに旅立ったと聞いたのは、それから二カ月経過してから。恋人の柚葉はどうしたのだろう、一緒に行ったのだろうかと気になったが、香奈が心配するのはお門違い。もう忘れようと、心にふたをして厳重に鍵をかけた。

置き去りの心と突然のお見合い

海里との再会から二週間が経ち、五月も終わりに差しかかった土曜日。香奈は、徐々に威力を増しつつある日差しを日傘で避けながら職場に向かって歩いていた。

駅から歩いて五分、グレーの重厚な壁に半円のアーチが連なる大きな建物が現れた。ロマネスク様式建築風の外観は一見すると美術館のように見え、遠くからも目を引く。

広い公園を有する図書館の一階にはカフェが併設され、休日には整備された景観を見ながら読書を楽しむ人の姿が多く見られる。土曜日の今日も賑わいを見せるに違いない。

(いいお天気だし、今日も忙しくなりそうね。がんばろうっと)

自分を鼓舞しながら館内に入り、同僚たちと挨拶を交わし合う。

「凪子《なぎこ》さん、おはようございます」

「おはよう、香奈ちゃん」

先に出勤していた森嶋《もりしま》凪子がにこやかに挨拶を返してくる。

長い髪をひとつにしっかり結び、黒縁のオーバルメガネがトレードマークの美人である。いかにも優等生っぽい見た目とは裏腹に気さくな女性だ。

現在三十五歳の凪子とは、香奈が中学生のときからの付き合いである。出会って間もなかったが、凪子の手伝いとして企画を進めたこともあった。

館長に香奈を推薦してくれたのも彼女であり、香奈の図書館好きの熱意を伝えてくれた恩人だ。

「棚に戻してきますね」

「ありがとう、よろしくね」

香奈は、昨日の閉館から今朝までの間に返却された本の手続きを一冊ずつ終え、カートに載せて書架に戻しはじめた。

壁一面に本が並び、さらに中央に向かって渦巻き状に書架が並ぶ様は、外観からは想像がつかない。幼稚園児の頃、本屋の棚とはまるで違う形状に驚いたものだ。

図書館の好きなポイントはいくつもあるが、一番は静けさの中にたくさんの本がずらりと並んでいる点である。自分まで本になったような錯覚を抱く知的な空間が、たまらなくいい。

普段なら仕事に没頭するそんな環境が、この頃は香奈をたやすく物思いに耽らせる。

海里とはあのビーチで再会したきり。パーティーが終わったあと、香奈は父にお願いして臨時でヘリコプターを飛ばしてもらった。

邦夫は困惑していたが、一刻も早く〝現在〟に戻りたかった。それだけ海里との再会と、柚葉との結婚話に動揺していたということだ。

当時から重ねたのは年齢だけ。忘れたつもりになっていたが、心はあのときとなにも変わっていないのだろう。

でも、今度こそ終わりにできる。海里は柚葉と結婚するのだから。

本当の意味で永遠に手が届かない人になったのだ。

開館とともに徐々に人が増えていく。学校が休みのため、子どもの姿もちらほらあった。

背表紙の分類番号に従って書架を行ったり来たりしていると、不意に四年生くらいの女の子が香奈に声をかけてきた。

「すみません、本を捜してるんですが」

まだ幼いのに声のトーンをしっかり落とすマナーに感心しつつ、抱えていた本をいったんカートに置く。すぐさまその場に屈み込んで彼女に目線の高さを合わせた。

「こんにちは。なんて本かな？　タイトルか作者名はわかる？」

香奈が質問すると、女の子は「えっと……」とひと呼吸置いてから続ける。

「少し前の土曜日に、お姉さんが小さな子たちに読み聞かせしていた本です」

「聞きに来てくれていたの？」

「はい」

女の子は顎のあたりで切り揃えた髪を揺らして頷いた。

この図書館では一カ月に一度、児童書の読み聞かせを開催している。職員が持ち回りで自分のおすすめ本を朗読する会である。

「私、お姉さんがしてくれる読み聞かせが好きなんです」

「えーっ、うれしい！」

今いる場所を忘れて、ついはしゃいでしまった。

女の子が自分の口元に人差し指を立て〝しー〟としたため、ふたり揃って笑い合う。

そんな感想をもらったのは初めてのため、うれしくて仕方がない。

「あのときの本ならこっちに」

声はなんとか抑えたが、心は大きく弾む。香奈は小学校低学年向けの本が並ぶ書架へ案内し、棚からその本を取り出した。

「これかな？」

「あっ、これです。とってもおもしろかったから、妹に読んであげたくて」

「優しいお姉さんなのね」

本を抱えて微笑む表情に癒される。

そういえば香奈も昔、妹に本をよく読んであげたものだ。人形遊びに夢中になっている彼女に、香奈が一方的に聞かせていただけとも言うが。

「また、お姉さんの読み聞かせに来ますね」

「ありがとう。待ってるわ。なにかあったら、いつでも声をかけてね」

「はい、ありがとうございました」

足取り軽くカウンターに向かう女の子の背中を見送り、香奈は再び本を書架に戻す仕事に取りかかった。


その夜、香奈は父に呼ばれて仕事帰りに実家に立ち寄った。

おいしいスイーツを買ってくるから、家族四人で食べようと言うのだ。それが香奈の大好きな『ミレーヌ』のケーキだったものだから、『行く』と即答。電話で父の声がどことなく弾んでいたのは、香奈が快く返事をしたからだろう。

邦夫はなにかと口実を作っては、一年ほど前からひとり暮らしをはじめた香奈を家に呼びつける。きっと寂しいのだ。

ひとつ年下の深優も家を出たがっているが、『深優までこの家を出て行ってしまうのか』と父に泣きつかれ、なかなか実行に移せないらしい。

閑静な住宅街に建つ真っ白な邸宅は、高級住宅街でもひときわ目立つ存在である。

ロートアイアンの門扉を開け、あたたかな光が漏れる玄関のドアを自分で開錠する。

「ただいまー」

ドアを開けると、すぐさま深優がスリッパの音を立てて奥から現れた。

少し癖のある栗色の長い髪を左肩のあたりで緩くひとつにまとめ、父によく似た切れ長の目を細める。

「おねえちゃん、おかえり」

「ただいま。お父さんとお母さんは？」

「リビングで今か今かとおねえちゃんの帰りを待ってるよ」

そんなに待ち焦がれなくても、ミレーヌのケーキさえあればいつでも駆けつけるのにと現金なことを考えて微笑む。

リビングに入ると、邦夫と母の由美子《ゆみこ》はベージュ色のレザーソファーに並んで座っていた。

父と同じ歳の由美子は、つい最近ミディアムからショートにヘアスタイルを変更したばかり。五十代後半にはもともと見えないが、さらに若返ったため、この前は外出先で香奈と姉妹に間違われてご満悦だった。

大きな目は香奈が引き継いだ遺伝子である。

「おお、来たか来たか」

「おかえり、香奈」

ふたりがうれしそうに出迎える。

「ただいま」

「まぁ座りなさい。深優も」

邦夫が向かいのソファを手で指し示す。

「香奈を呼びつけるには、やっぱりミレーヌのケーキだな」

「そうね、あなた」

「物で釣らなくても、ちゃんと来ますから」

笑い合うふたりに訂正する。ただちょっと返答までの時間が早いか遅いかの違いだ。

「でもおねえちゃん、ほんとにミレーヌが大好きよね」

「ほかのパティスリーも好きだけど、そこが一番かな」

ケーキ談議に花を咲かせていると、家政婦が紅茶と一緒にお目当てのケーキを運んできた。

ブルーベリータルトにレモンのシフォンケーキ、エッグタルトにミンスパイ、どれもこれもおいしそうだ。

「香奈はどれがいいんだい？」

「私はあとでいいから、深優、先に選んだら？」

「おねえちゃんからどうぞ」

邦夫と深優に促され、言葉に甘えて「そう？　それじゃ、お先に」と、ブルーベリータルトを選んだ。

「いただきます」

ケーキにフォークを入れ早速口に運ぶと、口の中でブルーベリーがプチッと弾ける。

「ん〜っ、おいしい！」

ふんわり香るアーモンドと、たっぷり入った滑らかなカスタードは絶妙の組み合わせだ。これなら何個でも食べられる。

「おねえちゃん、食べるの速い」

「だっておいしいから」

あっという間に完食し、紅茶でひと息つく。

「父さんのも食べるか?」

邦夫が、まだ手をつけていないシフォンケーキをテーブルの上で滑らせる。

「ううん、私はいいからお父さんが食べて。そのシフォンケーキ、この前食べたけどおいしかったよ」

「そうか? じゃあ遠慮なく」

フォークを持ち、ケーキを切り分けながら邦夫が続ける。

「ところで香奈、来週の日曜日は休みかい?」

「うん、公休」

休館日以外、職員は交代で休みを取っている。

「休みがどうかしたの?」

「いい縁談が舞い込んだから、お見合いをセッティングしようかと思って」

「お見合い⁉」

いきなり言われて驚き、紅茶でむせそうになる。

「お相手も来週の日曜日なら都合がつくらしいんだ。こういうのは早いほうがいいからね」

「ちょっと待って、急にお見合いって言われても」

カチャンと音を立て、カップをソーサーに戻す。勢い余って紅茶が零れてしまった。

「驚く話でもあるまい。前から話していただろう？」

「そうよ、香奈。早く決めないと、いい人からどんどんお相手が決まっていっちゃうでしょう？」

「それはそうかもしれないけど」

二週間ほど前に父がパーティーに連れ出したのもお相手探しであり、いつかこういう日がくる覚悟はしていた。司書になって五年目、父との約束の期限まで一年を切っている。

（でも……）

「お父さんは私の結婚相手じゃなくて、会社を継いでくれる義理の息子が欲しいんでしょう？」

つい恨み言が口をつく。結婚したら、司書の仕事ができなくなるかもしれないと危機感を募らせたゆえの反発だ。

「もちろん会社の行く末は大事だが、香奈の将来が心配なんだよ。父さんも母さんも、いつまでも元気でいるわけじゃない。間違いなく香奈や深優よりは先に天に召されるんだ。だからふたりにも父さんたちみたいに素敵な伴侶を見つけてやりたい。その一心だよ」

「そうよ、香奈」

邦夫が優しく諭す隣で、由美子は穏やかな笑みを浮かべて深く頷いた。

結婚を催促するのは、決して会社のためではない。自分たちがいなくなったあとに娘を任せられる相手を見つけてあげたいという、子を持つ親ならではの心理だろうか。

「口やかましく言ってすまないとは思ってるよ。それに結婚だけが幸せとは言いきれないかもしれない。でもやはりどうしたって、娘たちには素晴らしい相手と結婚して、幸せな家庭を築いてほしいと願ってしまうんだ」

ふと、両親がいなくなったあとの未来を想像する。

香奈が結婚せず独身を貫いた場合、家族は深優だけ。もしも彼女が結婚してべつの家庭を持っているとしたら、香奈はひとりきりになる。友達にも同じく家庭があるかもしれない。みんなそれぞれ帰る場所があるのに、香奈はどこへ帰ってもひとりだ。

両親はそういう未来を危惧して、香奈に結婚を勧めるのだろう。

それは、なにより娘の幸せを願うからこそ。十年、二十年先の娘を心配するゆえだとわかり、お見合いを拒んできた頑なな心が少しずつ解けていく。

「香奈にも深優にも、お父さんみたいに素敵な人と将来を歩いてほしいの。お見合いだって立派な出会いの場でしょう？」

　父に同意しながら母が続いた。

　両親はお見合い結婚である。

　呉服店を営む旧家で生まれた母は、家業の存続を懸《か》けて父とのお見合いに臨んだそうだが、当日お互いにひと目惚れ。お見合いから大恋愛に発展した末の結婚だった。

「変な言い方をしてごめんなさい、お父さん、お母さん」

　親の気持ちを踏みにじるような発言を素直に謝る。

「いや、香奈がそう言いたくなる気持ちもわかるからね。でも、せっかくいいお話をいただいたから、会うだけでもどうだい？」

「とっても素敵なお相手よ」

　ふたりが声を大にする。

（お父さんとお母さんがそこまで言うなら……）

　心が動きかけたそのとき、父は香奈がもっとも欲しい言葉を放った。

「先方は司書の仕事を続けてもいいと言っている」

「え？　……そうなの？」

　それは、なによりも香奈の心を動かす言葉だった。

「お相手は、この前のパーティーで会った人？」

次から次へと紹介されたため、もはや誰が誰だかわからない。

そもそも香奈は終始うわの空だった。

「いや、あのとき香奈はひと足先に帰ってしまったから会ってないんだ。遠目で香奈を見て気に入ってくださってね。その場はそこで別れたんだが、つい先日私に連絡があったんだよ」

邦夫が喜々として報告する。

（遠目で見て私を気に入った……？）

頭の中にはてなマークがいくつも並んだ。

あの場にはほかにも令嬢はたくさんいて、綺麗な人たちばかりだったのにと不可解でならない。遠くから見ていたのなら、べつの女性と間違えたか、もしくは極度の近眼か。

「八雲さんって言うんだ」

邦夫の口から飛び出した名前が、香奈の心臓を飛び上がらせた。

「……やぐも、さん？」

一文字ずつゆっくり発して聞き返す。

そこまで珍しい名字ではないから、べつの〝八雲〟かもしれない。いや、でももしかしたら――。

「ああ、八雲海里さん。YAGUMOホールディングスを一代で築き上げた人物だ。香奈も名前くらいは聞いたことがあるだろう？」

愕然とした。

半開きにした唇を閉じられず、瞬《まばた》きをするのも忘れる。隣に座る深優の視線を横顔に感じながら、そちらを向くことすらできない。

「まさかそんな素晴らしい人物から縁談が舞い込むなんて思いもしなかったよ。あのパーティーに参加して大正解だったな」

「本当によかったわ」

邦夫も由美子もこれ以上ないほどの喜びようだ。

昨夜、電話をよこした邦夫の声が弾んでいたのは、このせいだったらしい。香奈の大好物であるミレーヌのケーキを用意して、四人でお祝いしようとワクワクしていたに違いない。

（だけどちょっと待って。それじゃ柚葉さんはどうしたの？　海里さんは彼女と結婚するんじゃなかったの？）

あの夜、香奈はたしかにそんな会話を聞いている。それに付き合っていたふたりが別れたのなら、あんなに自然な感じで話せるだろうか。

それに香奈はかつて、彼に振られたはずだ。なぜ今頃、振った相手に結婚を申し込むのか。

不可解すぎる縁談が香奈を大きく混乱させた。

「香奈も驚いたのね」

「そりゃそうだろうよ。飛ぶ鳥を落とす勢いのYAGUMOの創始者から見初《みそ》められたんだから。さすが私の娘だ。よくやったぞ、香奈」

邦夫は軽く拳を握り、胸の前で振った。

「ねえ、お父さん。八雲さんって、結婚が決まっていたりしない？」

水を差すような質問だとわかっていても聞かずにはいられない。両親は不思議そうに顔を見合わせた。

「そんな話があったら香奈に結婚なんて申し込まないでしょう？」

「母さんの言う通り。八雲さんにそんな相手はいないだろうよ」

たしかにそうである。海里は、婚約者がいながらべつの女性に結婚を持ちかけるような不誠実な人ではない。

「……だけど、その方だとお父さんの会社を継ぐのは無理じゃないかな」

娘の幸せが第一とはいえ、邦夫が後継者を望んでいたのも、また事実である。

「まぁそのあたりのことを香奈は心配しなくていい。香奈が素晴らしい方と結婚できるのであれば、それが一番さ。こんなにいい話はないから、ぜひともお受けしようじゃないか」

なんとしても海里との結婚を進めたいようだ。

司書を諦めきれない香奈にかわされ続けてきたため、ここで一気に決めてしまおうという意気込みをひしひしと感じた。

「……わかりました。そのお見合い、お受けします」

香奈の決意に、両親がぱぁっと顔を輝かせる。ハイタッチでもしそうな喜びようだ。

「決意してくれてありがとう。あとのことは、香奈は心配しなくていいからね。こちらで進めておくから」

「はい」

海里と結婚するかどうかはべつとして、お見合いは両親の顔を立てるうえでも避けられない。香奈は顎をぐっと引いて頷いた。

「香奈はやっぱり着物がいいかしら」

「そうだな。ここぞという大事な場面だからね」

いいお相手との縁談を待ち焦がれていた邦夫と由美子の興奮は、冷める気配がない。今から着付けの予約は取れるか、ヘアメイクはどうしようかという心配とは裏腹に、その表情は喜びに満ちている。

「おねえちゃん、うちで夕飯食べていくでしょう?」

「あ、うん……そうしようかな」

ただひとり冷静な深優に尋ねられて頷いた。


その後の夕飯は味わうどころでなかった。

胸はずっとドキドキし通し。献立は香奈の大好きなホタテの貝柱の炊き込みご飯だったのに、喉を通らなかったのが残念だ。

ひとりで暮らすマンションに帰り着いたものの気持ちが落ち着かず、香奈は部屋の中をうろうろ歩き回っていた。

実家から歩いて十分の距離にあるマンションは、父の強い希望によりセキュリティが万全である。2LDKは最低ラインとも言われたが、自分で家賃を払いながら生活するにはワンルームが限界。そもそも、ひとりで暮らすのに部屋数はそこまでいらず、香奈にしてみればベッドと本棚さえ置ければ十分だ。

歩き回るのにも飽き、ドレッサーの椅子《いす》に座った。なんとはなしに備えつけのジュエリーケースからあのイヤリングを取り出し、顔の前で揺らして眺める。

(海里さんは、どうして私と結婚しようと思ったんだろう)

お見合いの話を聞いてから数時間経過してもなお、頭と心が状況に追いつかない。

なにしろ香奈は高校生のとき、彼に振られているのだから。

それなのになぜ。

いくら考えても答えは見つからない。

その海里が再び香奈の前に現れ、どういうわけか結婚を迫っている。

理由がわからず、でもかき乱された心は彼を拒絶できず、お見合いの日を待つ以外にない。

イヤリングをジュエリーケースにしまい、本棚の隅に本と一緒に立てかけてある英語の問題集を手に取る。

ぺらぺらめくると、すぐに海里の走り書きを見つけた。高校生のときに海里が教えてくれたものだ。ほかの参考書や問題集は処分したのに、これだけはできなかった。

「海里さん、どういうつもりなの?」

その文字に問いかけたところで、当然ながら答えは返ってこなかった。

翌週の月曜日、香奈は図書館で近々開催される、〝本の福袋〟という企画の準備に追われていた。

子ども向けと大人向けに分け、〝独特の世界観〟〝スカッとする〟〝胸キュン〟〝考えさせられる〟など、職員が選んだテーマの本を三冊一セットにして中身が見えないよう福袋にしたものである。

半年前に開催した催しで、利用者から『次はいつやるの？』と多数の問い合わせがくるほど好評だった。企画を考えた香奈も、俄然やる気が湧いてくる。

普段、あまり意識していないつもりでも、同じ作者や似たような系統の話を偏って選んでしまうもの。今回はテーマに縛られず、どんな本が入っているかわからない、まさに〝福袋〟も用意している。自分の知らない本との出会いの場として、図書館を利用してもらいたいという願いから作った企画なのだ。

カウンターの奥にあるスペースで、様々な組み合わせの福袋が完成していく。

香奈自身も読んだことのない本を他の職員が選んでいる場合もあり、あとで読んでみようと興味をそそられながら本を詰めていると、カウンターから瓜子の声がかかった。

「香奈ちゃん、お客様がお見えよ」

「はーい」

返事をしながら立ち上がると、凪子はどことなく意味深な笑みを浮かべていた。

（なんだろう……？）

不可解に思いながら〝どうかしましたか？〟と目で尋ねるが、ニコニコしながら手でカウンターのほうを指し示すだけ。

依頼している修理業者か、備品の納品業者か。あれこれ考えながらカウンターに向かうと、そこにいたのは真司だった。バレンタインデーのとき、海里に橋渡しをしてくれた先輩である。

一重瞼に細く通った鼻筋がクールな印象だが、癖のある柔らかそうな髪がそれを和らげている。高校時代、香奈の同級生の女子たちから『カッコいい！』と人気だった。

ネイビーのスーツのジャケットを腕にかけ、ハンカチで額の汗を拭っている。館内にいるとわからないが、外は暑いようだ。

「よっ」

顔を出した香奈に気づき、彼が軽く手を上げて挨拶する。

「真司先輩か」

「なんだよ、そのガッカリした反応は」

「違うの。業者さんかと思って」

海外出張と聞いていたから、余計に真司だと思わなかったのもある。

バレンタインの一件からしばらく経った頃、彼に一度告白されたが、海里を忘れられず断った。真司は出会ったときから友人としてしか見られず、そもそも彼が告白してきたのは失恋して落ち込む香奈を励まそうという気持ちが大きかっただろうから。

真司に『せめてこれまで通り友達でいたい』と言われ、今も友人関係が続いている。

真司が初めて香奈を名指してやってきて以来、凪子はしばらくの間、彼を香奈の彼氏だと勘違いしていた。

違うと知ってからも、『彼のほうは香奈ちゃんに気があると思う』と言い続けて久しい。告白を断ってからだいぶ時間も経っているし、今はもう彼にそんな気持ちはないだろう。しかし何度否定しても、凪子はその見解を変えるつもりはないみたいだ。

「出張から帰って真っ先に会いに来たってのに、それはないだろ」

「ごめんね。いつマレーシアから帰ったの？」

不満そうに口を尖らせた真司に、香奈は慌てて両手を合わせ謝った。

真司は近くに本社ビルがある商社勤めのエリートで、海外出張はちょくちょくある。先々月はタイだった。

「昨日の夜。そろそろ昼だけど一緒にどう？」

腕時計をたしかめると、間もなく十二時になるところだった。

「うん、行く。みんなに言ってくるからちょっと待ってて」

香奈はいったん奥に戻り、職員たちに声をかけてからバッグを手に取る。凪子に「ごゆっくり」とにっこりされたのは言うまでもない。

エントランスにいた真司と合流し、外へ出た。

「暑いねー」

そう言わずにはいられない。さすがに真司が汗を拭っていただけはある。

五月下旬でこの暑さだと、夏にはいったいどうなるのか。

「マレーシアのクアラルンプールよりはマシだな」

「あ、そうだよね」

赤道に近い国に比べたら、まだまだ涼しいほうだろう。

「いつもの店にしようか」

「うん」

真司の提案に頷く。職員ともたまに行くカフェ『夕凪《ゆうなぎ》』は、図書館から歩いて五分のところにある。看板メニューの焼きチーズナポリタンは、一度食べたら忘れられないおいしさだ。

ちょうど混雑する時間帯のため、店内は大賑わい。香奈たちはカウンター席に案内された。

「私は焼きチーズナポリタン」

「またそれ？」

「やっぱりここはそれでしょう」

歩いているときには今日こそべつのものを食べようと考えているのに、いざメニューを前にすると決意は揺らぐ。すぐ後ろのテーブルでそれを食べているビジネスマンがいるのもよくない。一発でノックアウトだ。

一度味わってからというもの、香奈がここで食べるのはそれ一択である。

「じゃあ俺も」

「なんだ、真司先輩もじゃない」

「隣で香奈が食べてたら後悔しそうだからな」

結局ふたり揃っていつものメニューに落ち着いた。

女性店員がカウンターの中から出してくれた水で喉を潤《うるお》し、ひと息つく。ほどよく効いたクーラーの冷気で、早くも汗は引いた。

「これ、お土産」

真司はブリーフケースから取り出した小さな包みをテーブルに置いた。

「わぁ、ありがとう！　開けてもいい？」

彼から手で〝どうぞ〟というサインを送られ、遠慮なく開封していく。中から形も大きさも違うカラフルなパッケージが三つ出てきた。

「これはなに？」

「なまこ石鹸」

「なまこ⁉」

つい素《す》っ頓狂《とんきょう》な声が出る。まさかそんな石鹸があるとは思いもしない。

「そ。女性に人気のお土産だってさ。美容効果もあるらしいぞ」

「へえ、そうなんだ。かわいい。ありがとう」

バリエーション豊かなサイズとパッケージのかわいさはもちろん、美容に効果があるとなれば女性は喜ぶに違いない。

「ビジュアルと実用性を兼ね備えた土産だろ？」

「うん。真司先輩にしてはセンスがいい」

「お前なぁ、そんなこと言うならやらないぞ」

「ごめんなさい、冗談です」

奪われる前に三つとも両腕でがっちり囲った。

でもセンスを疑いたくなるのも仕方がない。前回のタイ土産は謎の石像だった。部屋のインテリアにマッチしないため、クローゼットの奥にしまったままである。もちろんそれは内緒だ。

「お待たせいたしました」

先に頼んだアイスコーヒーがふたりの前に置かれた。

ガムシロを入れてストローでかき混ぜ、カランカランと涼しげな音を立てる。

「そういえば、気が進まないって言ってたパーティーはどうだった？」

「あぁ、うん……行ってきたよ」

ぎこちない返事になるのは海里の顔が浮かんだせいだ。

「なんか今、微妙な間が空いたけど。香奈、セレブの集まりは苦手だもんな」

クスッと笑ってストローに口をつける。

そう、セレブの集まりは苦手だ。でも問題はそこではない。

「……海里さんに会った」

香奈がボソッと呟くと、真司はコーヒーで激しくむせた。

（そんなに驚かなくてもいいのに）

でも香奈も人のことは言えない。パーティーで再会したときの衝撃は、真司の比ではなかったから。

昔の思い出に浸っていたときだからなおさら。一瞬、過去と現在が混在し、時間軸を見失った。

「大丈夫？」

背中をトントンとしつつテーブルにあった紙ナプキンを手渡すと、真司は涙目でそれを受け取った。

「……海里先輩、アメリカから帰ったのか」

頷いて答える。真司も知らなかったようだ。

「パーティーでなにか話した？」

紙ナプキンで口元を拭いつつ、横目で香奈を見る。

「お互いの近況とかちょこっとだけ」

「近況？　……それだけ？　先輩、ほかになにか言ってなかったか？」

「うん、特には。あ、『真司はどうしてる？』って聞かれたけど」

「で、なんて？」

　真司はなぜか焦ったように先をねだった。

「元気だって答えたけど。……どうかした？」

「いや、ただなにを話したのかなって思っただけ」

「真司先輩のこともちゃんと覚えてたから安心して。でね……」

　真司にもお見合いの話はしておいたほうがいいだろう。いつかは耳に入るのだから、早いほうがいい。

「私、お見合いすることになったの」

「ちょっと待て、話がいきなり飛んでないか？　海里先輩との再会から、なんでいきなりお見合い？　ってか、お見合いって香奈が⁉」

　これ以上ないほど真司が目を真ん丸にする。

「そう、私が。そのお相手が……海里さんなの」

「……は？」

　真司は香奈を見つめ、口を半開きにしてフリーズした。顔の前で手をひらひらしたが、完全に停止している。

驚くのも無理はない。香奈だって、まだ混乱中だ。

「父の話だと、海里さんから持ちかけてきたそうなの。でも私、高校生のときに振られたでしょう？　それなのになんでだろうって」

香奈が海里に失恋したのは、真司もよく知る話だ。失恋どころかチョコレートを受け取ってももらえなかった。甘酸っぱいを通り越して苦い過去である。

「あ、ああ……そうだよな」

真司は小刻みに頷いた。目を左右に揺らし、なにやら焦って考え込んでいるようにも見える。

（真司先輩も混乱してるんだよね。自分が橋渡ししたから、事情はよく知ってるだろうし）

それも無理はないと香奈も頷き返す。

「あのさ、香奈……」

「うん、どうしたの？」

やけに重々しく口を開いた彼を見た。

「……あぁ、いや……なんでもない」

頭を振って否定する目が泳ぐ。なにか言いにくいことでも抱えているのだろうか。

「海里さん、柚葉さんと付き合ってたんだよね？」

「そうだと思う。っていうか、そうだな」

海里はアメリカに渡ったため、真司もその後のことはあやふやなのかもしれない。

「別れちゃったのかな……」

この前のパーティーのときに漏れ聞こえた、ふたりは結婚するという会話はなんだったのだろう。話の前後が繋がらなくて、香奈は相変わらず訳がわからない。

「真司先輩も聞いてない？」

「うん、聞いてない。先輩がアメリカに行ってから連絡は取り合ってなかったし」

「そっか……」

アイスコーヒーをストローで忙しなくかき混ぜていた真司が、その手を止める。

「で、するのか？　見合い」

「両親は乗り気だしね。私に早く結婚してほしいらしいの」

「……内心、喜んでるだろ」

「ち、違うよっ。好きだったのは昔の話だもの。それに海里さんの意図だってわからないし」

必死に否定すればするほど、肯定しているように見られてしまいそうだ。

でも好きだったのは昔の話だと自分に言い聞かせる。その恋はもう終わったのだと。

「両親を納得させるために〝結婚〟が必要なら、相手はべつに海里先輩じゃなくてもいいよな」

「私に彼氏がいないのは真司先輩が一番よく知ってるでしょ」

初恋が無残に散ったあと、恋愛は一度も経験していない。真司の告白のあと、大学で知り合った同級生に告白されたものの、その気になれずお断りした。

図書館の男性職員は全員既婚者。香奈は利用客とも比較的話し、その中には同年代の男性もいるが、あくまでも職員と利用客である。

「……じゃあ俺とか」

「えっ⁉　いきなりどうしたの？」

真司がぽつりと呟いたひと言に驚き、声が脳天から出た。

「結婚相手に困ってるみたいだから言っただけ。そんな驚く必要ないだろ」

不満そうに顔をしかめ、コーヒーをズズッとすする。最後にズコッと音を立て、真司は空になったグラスをテーブルの端に置いた。

「も〜、からかわないで」

思わず肘で小突いて笑い飛ばす。ただでさえ海里とのお見合い話に困惑しているのだから。真顔で言うから、本気にしそうになった。

（かといって気持ちに応えられるわけじゃないけど）

一度は告白されたが、真司はその後もずっと友達のままだ。

そもそも真司は、香奈が困っているのを見かねて言っただけだろう。バレンタインデーのときと似た心境に違いない。

「お待たせいたしました。焼きチーズナポリタンです」

女性店員がカウンターの中からふたりの前に熱々の皿を置く。

「ありがとうございます」

「熱いですからお気をつけて。ごゆっくりどうぞ」

店員に軽く頭を下げ、いざフォークを握る。

「真司先輩、食べよう」

「ああ」

「いただきます」

声を揃え、まだぐつぐつ煮えているグラタン皿にフォークを刺した。

結婚する理由

日曜日の午後、香奈は実家のリビングで大きな姿見の前に立っていた。

今日はいよいよ海里とのお見合いが執り行われる。

母の由美子行きつけのサロンから出張してきたスタイリストにより、すでにヘアメイクは完了。ただ今、着付けの真っ最中である。

腰紐をキュッと結ばれ、息が詰まる。

「きつかったかしら？　このくらいにしておかないと着崩れしちゃうのよね」

「いえ、大丈夫です」

なんとか息を吐き出して答えた。おかげで文字通り身が引きしまる思いだ。

スタイリストが香奈に手早く着物を着せていく。薄紅色の生地に小さな桜が描かれた訪問着は、由美子が以前からこの日のために用意していたものである。

「素敵！　やっぱりお母さんの思ったとおり。香奈にはこの柄が似合うと思ったのよ」

由美子は香奈が着物を羽織ったときから絶賛の嵐。香奈の周りをぐるぐる歩き、遠目で見たり近くで見たりと忙しない。帯を締め終え、完成したときには手を叩いて喜んだ。

その騒ぎを聞きつけた父の邦夫も加わり、「やっぱり私たちの娘だ」と大いに満足そうだ。

「遠くから八雲さんが気に入るだけのことはある。なぁ母さん」

「ほんと。どこへ出しても恥ずかしくないくらい綺麗よ、香奈」

いくらなんでも贔屓《ひいき》目が過ぎると思いつつ、褒められればうれしい。

「お父さんもお母さんもありがと」

香奈はその場でゆっくりくるりと回り、鏡に映る自分をたしかめた。


香奈は両親に連れられ、戦後まもなく創業した老舗の料亭へやってきた。

都心におよそ一〇〇〇坪の敷地を有し、全室完全個室。各部屋はすべて格式高い日本庭園を囲むように配置され、四季折々の景観が楽しめる。案内された部屋の雪見障子から鮮やかな色のアジサイが見えた。

先方はまだ到着しておらず、香奈たちはテーブルの片側に、奥から邦夫、由美子、香奈と一列に並んで腰を下ろした。

間もなく海里がやってくる。

そう思うとソワソワと落ち着かない。ここへ到着するまでは、どうして香奈との結婚を望んだのかという疑問が大きかったのに、今は海里に会える期待のほうが上回っていた。

「素晴らしい中庭ね」

「誠に立派なものだ」

両親の声につられ、窓の外に目を向けるが堪能する余裕はない。

「香奈、もっと肩の力を抜いて」

「う、うん……」

香奈が軽く息を吐き出すと、邦夫は「じつは」と続けた。

「あのパーティー会場で、八雲さんとは事業提携の話も出てね」

「えっ、そうだったの？」

娘の幸せが一番とはいえ、後継者を望んでいる父にとって、それは喜ばしい申し入れだろう。

「才気あふれる実業家だよ、彼は」

邦夫がうれしそうに顔を綻ばせる。

（それじゃ、大手飲料メーカーの社長令嬢である私との結婚は、海里さんのビジネスにとってメリットがあるから……？）

　だから縁談を申し込んできたのかもしれない。今ひとつ釈然としなかった理由を知ったような気がして、胸にモヤモヤしたものが広がっていく。

「お連れ様がお見えです」

　ふと静かに開いた襖から、女将が顔を覗かせる。一礼し、完全に襖を開けると、そこから彼の両親が先に入ってきた。

「お待たせして申し訳ありません」

　父親は海里のように背が高く、ロマンスグレーのヘアがダンディな印象を醸《かも》し出す。

　彫りの深い目鼻立ちは、ヨーロッパの彫刻のようだ。

　世界的に有名なファッションデザイナーだけあり、ブラックスーツに赤をベースにしたカラフルな柄のネクタイという組み合わせがファッショナブルである。

「いえ、私どもも少し前に到着したばかりですから」

　邦夫が向かいの席を手で指し示し、着席を促す。

　香奈の前に座った海里を見て、小さく鼓動が跳ねた。

　ネイビーのスーツに薄いブルーのシャツを合わせ、同じくネイビーとオレンジのストライプ柄のネクタイは遊び心がほどよくあって素敵である。

そのまま目線を上げて彼と目が合ったため、咄嗟に俯《うつむ》いた。彼が笑った気配がして情けない。

ゆっくり顔を上げ、今度は彼の隣に座る薄紫の着物を着た母親に視線を移した。

（あれ？　どこかで会ったことがあるような気が……）

切れ長の目元に凛とした雰囲気の彼女を凝視する。

それは母親のほうも感じたようで、互いに見つめ合った数秒後――。

「あなた、あのときの！」

彼女のひと言で思い出した。

「イヤリング」

「そうよ！」

香奈が呟いた言葉に母親が強く同意する。

この前のパーティーでイヤリングを落とした女性だ。

「その節は本当にありがとう」

「見つけられてよかったです」

フレンドリーな笑顔を向けそうになり、慌てて表情を引きしめる。あのときとは状況が違い、今はお見合い相手の母親。とはいえ心の中は大騒ぎだ。

（海里さんのお母様だったなんて……！）

驚きすぎて、そのあとの言葉が続かない。

「おや、ふたりは知り合いなのかい？」

父親が驚いたように香奈たちを見比べる。

「ほら、話したでしょう？　あなたがくれたイヤリングを落として」

「ああ、あのときの。あれを見つけてくれた女性か」

父親は驚いたように目を丸くし、海里も「香奈だったのか」と呟いた。夫と息子にも話していたようだ。

「香奈、どういうことなの？」

隣に座る香奈の母、由美子がこっそり耳打ちをしてきたため、簡単に説明をする。

「なんとまぁ、お見合い以前に出会っていたとは驚きました」

「ええ、本当に」

香奈の父の言葉に、海里の父が大いに賛同する。結婚は決まったも同然という空気が流れだす。粛々《しゅくしゅく》としたムードは消え、和やかな場となっていくのを感じた。

遅ればせながら両家の自己紹介がはじまる。

彼の父、正一《しょういち》は言わずと知れたファッションブランド、Ｌｅ・Ｍｏｎａのデザイナーであり社長である。母、恵美《えみ》は由美子と同じく専業主婦だという。

海里はふたりの遺伝子をちょうど半分ずつもらい受けたようだ。どちらかいっぽうではなく、ちょうどいい塩梅で足して二で割った容姿をしている。

「この度は大変結構な話を頂戴しまして、妻と娘共々このうえない喜びでいっぱいです」

「こちらこそ、かの有名な飲料メーカーのご令嬢とのご縁、誠にうれしく思います。しかも妻が香奈さんとすでに出会っていたというんですから」

「いやはや、まったく驚きました。これも神のお導きなのでしょうね」

神様まで飛び出し、たいそうな話になったが、香奈も内心なにかの手引きがあったように思えてならない。海里との間に何度となく偶然の出会いがあったから尚更だ。

互いの父親による形式的な挨拶のあと、先付に夏トマトの蜜煮が運ばれてきた。

青い小皿にトマトの赤が映え、出汁のジュレが照明の明かりで淡い光を放つ。

「香奈さんは図書館にお勤めなんですってね」

「は、はいっ、司書として働いて五年目になります」

彼の母、恵美に話しかけられ声が上ずる。もっとしっとりと返したかったが、失敗した。

「本がお好きなの？」

「子どもの頃から本と図書館が大好きで、働くなら図書館と決めていました」

「初志貫徹は素晴らしい」

彼の父、正一に深く頷かれて恐縮する。憧れのブランドのデザイナーから褒められるとは思いもしなかった。

海里は、香奈との関係をどう話しているのだろう。

（関係っていうほどのことはなにもなかったけど、私の両親にはこの前のパーティーでひと目惚れしたと誤魔化したみたいだし……）

九年前から知っているとは言っていないのかもしれない。

「海里さんは世界各地を飛び回っているそうですね」

「日本に帰国してからは落ち着いていますが、各地に会社がありますので、今後も行き来はあると思います」

邦夫の言葉に海里はゆっくりした口調で返した。

大成功を収めているＥＣサイトの運営会社や開発、不動産など様々な企業のＣＥＯを務めているだけあり、香奈とは違って場慣れした様子である。

慌てず焦らず、静かな口調で話せるのは羨ましい。

「香奈さんに寂しい思いはさせないよう努めますので、どうかご心配なさらないでください」

思わず彼を見たら、やわらかな笑みを返された。

その後も料理はゆっくりと給仕され、和やかなムードでお見合いは進んでいく。

最後の水菓子、イチジクのコンポートを食べ終えると、正一がお見合いの定番とも言える言葉を口にする。

「このあとは若いふたりで話してはどうでしょうか」

「そうですね。私たちがいたら話しづらいでしょうし」

邦夫の同意を受け、海里は香奈を見た。

「香奈さん、庭に出ましょうか」

「……はい」

誘いに応じ、彼に続いて立ち上がる。雪見障子を開けると、沓脱石の上に二足の履物が置いてあった。

先に下りた彼が、香奈に手を差し出してくる。一瞬どうしようかと迷ったが、背後から二組の両親の視線をひしひしと感じたため手を重ねた。

慣れない着物のため正直助かる。彼の手に支えられ、履物を履いて庭に下り立った。

「ありがとうございます」

すぐに手は離れ、彼のあとをしずしずと追う。

整然と手入れされた庭は、計算されたような完成度だ。アジサイの花が終わると、次はサルスベリだろうか。その木は雨を待ち、葉をめいっぱい広げている。

海里は池に架けられた橋の手前で振り返った。

「綺麗だな」

「ほんとに綺麗な庭ですね」

大都会のど真ん中にいるとは思えない光景だ。

大きく頷いて同意したが、海里はクスクス笑いだした。

「香奈が綺麗だと言ったんだよ」

「えっ」

唐突に褒められたため目を瞬かせる。動悸まで激しくなった。

「馬子にも衣裳？」

「なっ……」

「冗談だ。よく似合ってる」

「もうっ、なんなんですか」

おもしろがってからかうのはやめてほしい。こっちは先ほどからずっと緊張し通しだというのに。

「お見合い中は澄ましていたのに、いきなり態度を変えないでください」

ふたりきりになった途端フランクになられても対応しきれない。

「香奈の前だと自分をさらけ出せるんだよ。でも澄まし顔の俺も凛々《りり》しいだろう?」

さらっと意味深なことを言われたため、そのあとのジョーク交じりの言葉は耳を素通りする。

(……私の前だけ?)

自分は特別だと言われた気になり、頬が熱い。

「聞いてる?」

顔の前で手をひらひらされ我に返る。

「は、はい。だけど、凛々しいって自分で言います?」

海里はふっと笑って続けた。

「この前のパーティーは本当に驚いたな」

「そうですね、出会ったときと同じ海で再会なんて」

「図書館で会ったときも、かなりびっくりだったけど」

運命的な再会に心を揺らしたのは、たぶん香奈だけ。海里は、そんなこともあるのかと純粋に衝撃を受けただけだろう。

「それに母のイヤリングを見つけたのが、まさか香奈だったとはね」

「ほんとに。海里さんのお母様だなんて思いもしませんでした」

それも香奈のように大事なものを落として困っていたとは。

「俺たちはイヤリングで繋がっているのかもしれないな」

運命的な意味に聞こえて頬が熱くなる。

べつに深い意味はないと自分に言い聞かせて鼓動を宥めようとするが、香奈自身もそう感じたためうまくいかない。

「あの図書館もしばらく行ってないが変わりはないか？」

「変わりません。あの頃のまま静かにあそこにあります」

だけど香奈にとって、その存在はとても大きい。苦い終わり方をしたとはいえ、初めて恋をした思い出の場所でもあるせいだろう。

「子どもの頃から大好きだった場所で働けるようになってよかったな」

就職が決まったときには、すでに顔見知りになっていた館長や職員たちも香奈と一緒に喜んでくれた。初めて出勤したときなど、『あんなに小さかった香奈ちゃんと、ここで一緒に働く日がくるなんて感慨深いねぇ』なんて、親目線で言われたものだ。

「海里さん、ひとつ聞いてもいいですか？」

「ああ」

「どうして私とお見合いしようと思ったんですか？」

それは縁談が持ち上がってから、ずっと心に引っかかっていることだった。

これまでのふたりの関係性からは、絶対と言っていいほど考えられない展開だから。九年近く会っていなかったし、つい先日ちょっと会っただけ。それがどういう経緯でこうなるのか、香奈にはまったくわからない。

海里は香奈に真っすぐ向かい合い、口を開いた。

「香奈と結婚したいと思ったから」

好きと言われたわけではない。しかし真剣な目をしてストレートに言われ、返す言葉に困る。

（それはどういう意味？　好意があるわけじゃないのに〝結婚したい〟って……。やっぱり私との結婚は仕事上のメリットがあるからなんだ）

手広くビジネスを展開している彼にとって、大手飲料メーカーとのパイプは大きいのだろう。

「……柚葉さんは？」

「柚葉？　彼女がどうした？」

海里が不思議そうに眉根を寄せる。

（なにって、婚約してるんじゃなかったの？　結婚するって……）

香奈は、パーティーで招待客がそう言っていたのをたしかに耳にしている。

疑問に思うのに口に出せないのは、柚葉との関係を直接彼の口から聞くのが怖いからなのかもしれない。

「その……振ったのにどうしてですか？」

「振った？」

海里はさらに怪訝そうな表情をした。なんのことかわからない様子だ。

（私を振ったことも忘れちゃったの？　……そのくらい私に興味がなかったってこと？）

チョコレートを受け取ってもらえなかったのは香奈にとってかなりショックだったが、海里にとっては柚葉以外のその他大勢のうちのひとりに過ぎないのかもしれない。たくさんプレゼントされそうになったチョコレートのうちのひとつ。だから記憶にすら留めていないのだ。

だとすれば今さら苦い過去を掘り起こしたくはない。

「……なんでもないです」

首を傾げる海里にかまわず強引にその話題を終わらせ、べつの話を振ろうと切り替える。

「今、海里さんはどんな仕事を手掛けてるんですか？」

当たり障りのない質問で、振られた過去から逃げた。

「それは企業秘密」

「ちょっとくらい聞かせてくれても」

いたずらっぽい顔をして唇に人差し指をあてる海里に不服を申し立てる。

「まぁ香奈にならそうだな」

海里は肩を揺らして笑ってから続ける。

世界的に大成功を収めたECサイトがはじまりだったYAGUMOホールディングスは、リゾート開発やホテル事業でも多大なる成果を上げ、次なる事業としてスキンケアやフレグランスアイテムの展開を考えているという。

それはごくごく小さな世界で生きてきた香奈にとって興味深く新鮮な話であり、つかの間、海里の中で自分の存在がいかに薄かったのかを忘れてしまうものだった。

「そろそろ部屋に戻ろうか」

「はい。あの……海里さん、すみませんが結婚のお返事は少し待ってもらってもいいですか？」

海里が香奈との結婚を望んだのは、好きだからではない。ビジネスのためだと痛感した今、自分の気持ちを置いてきぼりにしたまま結婚を決めていいとは思えなかった。

海里は香奈の心理を探るように目を細め、口を開いた。

「ひょっとして、想い続けている人がいるのか？」

海里を好きだったのは高校生のとき。もう終わった恋だ。

でも今も香奈の心に彼の存在が居座り続けているのは、誤魔化しきれない事実でもある。それが初恋の相手への固執にしろ、自分を振った相手に対する執着にせよ、本当の想いはそこにある。

「はい……」

海里は眉根を寄せ苦々しい顔をしたが、すぐにその表情を解いて香奈を見つめた。

強い眼差しの意図が、香奈には測りきれない。

「……わかった」

最後には海里も納得し、香奈たちは両親たちの待つ部屋に戻った。

香奈のマンションの部屋に、食欲をそそるいい匂いが立ち込める。

妹の深優が完成したエビチャーハンとコンソメスープを器に盛り、香奈はそれらをテーブルにいそいそと運んだ。

海里とのお見合いから三日経過していた。

帰りの車で、両親は『素敵な人だった』と彼を大絶賛。これ以上ない婿だと、終始ご満悦だった。

あの席でまたもや香奈は、海里と連絡先を交換しそびれている。切りだすタイミングが掴めず、そのまま散会となってしまった。

缶ビールをグラスに注ぎ、揃って傾ける。

「それじゃ早速、いただきます」

スプーンを持ち、香奈はできたてのエビチャーハンを口に運んだ。

「んんっ、おいしい〜」

ぷりっとしたエビの歯ごたえも塩加減も抜群だ。

「さすが深優。なにを作ってもプロ級ね」

深優は料理上手である。

もともと料理が好きな彼女は、幼い頃から遊びの延長で家政婦と並んでキッチンに立っていた。父の勧めで料理教室にも通った。花嫁修業の一環にもなり、父にすれば目論み通りといったところかもしれない。

「フライパンで炒《いた》めるだけ。おねえちゃんにだって簡単に作れるよ」

「それは料理上手な人のセリフ。私は本当にダメだもの」

香奈は料理が苦手である。レシピがあればなんとかなるが、分量や手順など一つひとつが細かく気になり、提示されている所用時間を大幅にオーバーしてしまう。

（しょうがひとかけって何グラム？　適量や少々ってどのくらい？）

悩んだり材料を準備したりしているだけで時間が過ぎ、完成する頃にはぐったりする。要領が悪いのだろう。

「苦手意識をなくすなら、シンプルなメニューから作ってみたらいいんじゃない？　今度教えようか？　結婚するなら、ある程度作れたほうがいいでしょう？　あ、でも八雲さんに嫁ぐなら家事は外注だろうから問題ないのかな」

口に運ぼうとしていたスプーンを止め、深優があれこれ提案する。

〝八雲さんに嫁ぐなら〟

深優のひと言で香奈は手を止めた。

「お父さんたちの中で、私の結婚は本決まりになってる？」

お見合い後にふたりがはしゃぐ様子を見ればそうだとわかるけれど。

「え？　しないの？　お父さんもお母さんもうれしそうに話してたよ」

香奈は両親にはっきりと返事をしていない。まだ戸惑いの中にいた。

「だけどおねえちゃん、初恋が実ってよかったね」

当時、受験で忙しい友人には話せなかったが、深優には海里への想いを打ち明けていた。バレンタインデーにチョコレートで告白したのも、深優の応援があったから。

「よかったって言えるのかな。海里さんはなにを考えているのかわからないし」

スプーンでチャーハンをすくい口に運ぶ。

（私と結婚したいからお見合いをしたって、普通に聞いたら〝好き〟って意味だろうけど、絶対違うだろうし）

再会後に何度か会ううちに好意を持ってくれるようになったのなら、わからなくもない。でも香奈たちはパーティーで再会した一度きりしか会わなかった。一度振った相手を好きになるのには不十分だろう。

（やっぱり仕事上のメリットがあるからなんだよね……）

チャーハンを口に運びながら、ぼんやり考え込む。

「あまり難しく考えなくてもいいんじゃないかな。おねえちゃん、海里さんのこと今も好きでしょう?」

深優の言葉で口に入れたチャーハンを吹きそうになった。

慌てて飲み込み、ビールで喉の奥へ流す。

「や、やだ、どうして。そんなことないから」

急いで否定したが、声はおかしなほど裏返った。

「ふふっ、おねえちゃん、わかりやすい」

香奈の反応をおもしろがって、深優が笑う。

嘘をついたつもりはないが真っすぐに見つめ返せず、意思に反して鼓動が速まっていく。

「ほんとに違うの」

「とか言いつつ、顔が真っ赤だよ? おねえちゃん、かわいい」

「深優が変なこと言ってからかうから」

指摘されたら耳まで熱くなってきた。

「全然変じゃないよ。だっておねえちゃん、あれ以来誰とも付き合ってないじゃない。それって忘れられなかったからでしょう?」

たしかに海里以外、好きになった男性はいない。でもそれは司書になる夢を追いかけていたからであり、夢を叶えてからは仕事に打ち込んできたから。恋愛をする時間的余裕がなかっただけ。

海里を好きだったのは高校生のときの話。今も好きなんてあり得ない。

そう全否定するのに、心の奥底でもうひとりの自分が深優の言う通りだと頷いて香奈を翻弄《ほんろう》する。気持ちの収拾が全然つかない。

それもこれも、海里の言動が不可解すぎるから。心の移り変わりを認めることに臆病になる。

「告白してきた真司さんとも付き合わなかったし」

「真司先輩は私を慰めようと思っただけだから。今はもう友達だし」

「そう思ってるのは、おねえちゃんだけだと思うけど」

「まさか」

深優に言われて思い出した。

（そういえばこの前、いきなり自分と結婚すればいい、みたいなことは言ってたけど……。でもあれは冗談。たぶん真司先輩は、失恋した相手と結婚するなんてどうかしてると思って言っただけ。うん、そうよ）

凪子と同じく深優の勘違いだ。

しかし深優は香奈の意見とは反対らしい。

「真司さん、報われないなぁ」

眉尻を下げ、残念そうに言う。責められているようでつらい。

「……あんまりいじめないで」

「ごめんごめん。まぁ真司さんのことは置いておいて、深く考えなくていいと思うな、私は。とにかく自分に正直になるのが一番だよ」

深優は人差し指を立て、にっこり笑った。

(自分に正直に、か。……私の気持ちはどこにあるのかな)

今はドラマティックな再会に酔い、ただ単に昔の思い出に浸っているだけなのではないか。自分の心なのにあやふや。九年近く前で止まっていた時間がいきなり動きだし、めまぐるしく状況が変わるため置いてきぼりにされている。

「さてと、冷めちゃうから食べよ」

深優に言われ、香奈は気を取りなおしてチャーハンを頬張った。

翌日、香奈はいつもより三十分早く出勤した。

準備を進めてきた企画〝本の福袋〟が今日から開催されるため、昨日のうちに準備していたコーナーの最終確認をするためである。

また開催してほしいというリクエストが多かった企画のため、たくさんの利用者が喜ぶ顔を思い描いて胸が弾む。テーマごとに分けた紙袋の中身を念のためもう一度確認して並べ、ＰＯＰやレイアウトのチェックも欠かさない。

「これで大丈夫かな」

エントランスの真正面に設置したコーナーは視認性も抜群。遠目で確認し、館長の了承ももらえた。

事前に告知してきたおかげか、開館と同時にコーナーに人が集まりはじめる。

「この袋に入ってる作家さんは誰ですか？」

「それは開けてからのお楽しみです」

同年代の女性に尋ねられ、にっこり笑って返した。

中身がわからない楽しさで、初めて読む作家との出会いに繋げるのがこの企画の目的。静かに過ごさなければならない開架コーナーとは違い、どれにしようか友人同士や家族でワイワイ選べるのもいい。

（よかった、喜んでもらえてるみたい）

盛況ぶりに安堵しながら、ふとエントランスのほうを見た香奈は、自動ドアから入ってきた女性に目を奪われた。

「……柚葉さん？」

思わず声が出る。海里の婚約者だったはずの幼馴染だ。

清楚な彼女にぴったりの真っ白なワンピースが、膝下で軽やかに揺れる。長い黒髪が大きな窓から差し込む光で艶めいた。

「香奈ちゃん、お久しぶり」

「……お久しぶりです」

ふわりと微笑んだ彼女にワンテンポ遅れ、ぎこちない笑みで会釈を返す。

パーティー会場では見かけたが、顔を合わせるのはおよそ九年ぶり。改めて面と向かうと、その美しさに同性でもどぎまぎする。バラのように棘《とげ》のあるものではなく、ユリのように楚々とした美貌だ。当時も綺麗だったが、年齢を重ねて透明度が増していた。

「ここで働いていたのね」

「はい……」

「懐かしいわ」

柚葉は周囲を見回し、目を細めた。どの角度から見ても美しい容姿を前に、やはりどうしても疑問に思う。

(どうして柚葉さんと別れて私なのかな)

自分に敵うところがあるようには思えない。昔は羨ましくて仕方のなかった彼女と立場が逆転し、どう接したらいいのかもわからない。

「香奈ちゃん、少し話さない？」

「ごめんなさい。今、仕事中で……」

「お昼まで待つわ。そこのカフェにいるから」

柚葉は図書館併設のカフェを指差した。

咄嗟に腕時計で時間をたしかめる。

「まだ一時間もありますが」

「大丈夫。私、時間ならいくらでもあるから」

ふわりと笑い、会釈して香奈に背を向ける。

「あ、あの」

呼び止めようとしたが、ゆっくりした足取りで遠ざかる柚葉に立ち止まる気配はなかった。

（本を借りにきたわけじゃなかったのかな……。話ってなんだろう）

とはいえ、香奈と柚葉の間の共通の話題といえば海里以外にない。

イベントに目もくれずに立ち去った彼女の背中を見つめて、緊張を覚えた。


正午になるのを待ってカフェに向かった香奈は、窓際のテーブルにいる柚葉を見つけた。

大きく開放的な窓から見える公園は、夏を前に木々が青々とした葉をつけ、目にも爽やかな彩を見せている。

通りがかった店員にアイスジャスミンティーを注文し、彼女のもとへ向かう。

「お待たせしました」

声をかけると、柚葉は香奈に顔を向けて静かに微笑んだ。

「忙しいのに突然ごめんなさいね」

「いえ。……図書館に用事があってここへ？」

「ええ、まあ」

曖昧に答える様子から、そうではないのだと見当がついた。

ジャスミンティーのグラスが置かれ、店員が立ち去る。

「香奈ちゃんもジャスミン？　私も」

柚葉は自分のグラスを持ち上げ優雅な笑みを浮かべた。

ストローを挿し、氷の涼しげな音を立てて口をつける。冷たさが喉から胸に下りていくのを感じながら、彼女の言葉を待った。

微妙な間が空き、なんともいえず居心地が悪い。

手持無沙汰にストローで氷をかき混ぜ、手元に視線を落としていた柚葉が不意に香奈を見る。

「結婚するんですってね」

やはりその話だった。

香奈がこの図書館で働いているのを知り、確認したくて来たのだろう。本を借りたかったわけではない。

（でも、誰に聞いたんだろう）

香奈の疑問を悟ったのか、柚葉が続ける。

「海里くんから聞いたの」

「……海里さんから？」

「ええ、海里くんから」

それじゃ、ふたりは連絡を取り合っているということだ。

(いったい、なにがどうなってるの?)

別れたはずのふたりの繋がりを示され困惑する。

「それで、どうなの?」

「結婚というか……お見合いはしました」

「結婚は? しないの?」

柚葉はほんの少しだけテーブルに身を乗り出した。

「お返事はまだしていないんです。でも両親はとても乗り気で」

「香奈ちゃんは迷ってるの?」

柚葉がさらに顔を近づける。どんな答えを待っているのか、揺れる瞳からは読み取れない。

「……私、海里さんは柚葉さんと結婚すると思っていたので」

香奈をじっと見つめていた柚葉は、パチッと目を瞬かせた。意外なことを言われたといった表情だ。

「お付き合いされていましたよね?」

香奈は知らないと思っていたのかもしれない。

「えっ？　あ、うん。……じつはプロポーズもされていたんだけど」

打ち明けようかどうか迷ったのか、柚葉は長い髪を片方の耳にかけ、数秒だけ間をおいてから言った。耳元でダイヤモンドのチェーンイヤリングが揺れる。

やっぱりそうだった。海里は柚葉と結婚しようとしていた。

「お互いの気持ちはひとつだったんだけど……。私には父が決めた結婚相手がいて、海里くんのプロポーズにはどうしても頷けなかったの」

「そう、だったんですか……」

だからふたりは別れたのだと、柚葉は顔を曇らせた。

世界に認められた男と言ってもいいほどの海里でも敵わない相手とは、いったいどんな人なのだろう。全然想像がつかない。

「海里くんは駆け落ちしようって言ってくれたんだけど、私は両親に背くわけにはいかなくて……」

柚葉は最後には唇を震わせ、バッグから取り出したハンカチで目元を押さえた。

想像以上の告白が香奈から言葉を奪う。

ふたりは、想い合いながら仕方なく別れを選んだのだ。

（それじゃ、海里さんは柚葉さんを忘れるために私と結婚するのかな……）

昔、自分を好きだった相手なら、簡単に了承を得られるだろうと見越したのかもしれない。

駆け落ちも考えたという海里の強い想いを知り、心が激しく揺れる。

「香奈ちゃん、今、私が話したことは海里くんには内緒にしておいてほしいの。私が香奈ちゃんに会ったと知ったら心を痛めるかもしれない」

柚葉は別れてもなお、彼を深く想う気持ちを隠そうともしない。

ここへ来たのは、海里との結婚話を香奈の口から直接聞きたかったからなのか、それとも叶わない恋と知りながら牽制するためなのか。

ただ懐かしくて香奈に会いにきたわけではないのはわかったが、柚葉の心の内は読めなかった。

「わかりました。海里さんには話しませんので心配しないでください」

海里の心を守りたいという柚葉の気持ちは理解できる。

(私だって、海里さんの心の傷を深くしたくはないもの)

だから海里には絶対に言わない。

「でも香奈ちゃんはすごいわね。司書になる夢を叶えるなんて」

「いえ、そんな」

夢を叶えた事実に胸を張りたいけれど、今の彼女にそんな真似はできない。謙遜《けんそん》して首を横に振った。

「私なんて、大学を卒業してから外で働いてないし、花嫁修業的なことしかしていないもの」

柚葉が笑みを浮かべる。どこか無理して笑っているようにも見えて胸が痛む。

想い合っているふたりが一緒になれないなんて残酷だ。

「花嫁修業も大変だと思いますから」

どちらがすごいという話ではないし、むしろ香奈はそれに背を向けて逃げてきた。

「そうかな。……あ、そろそろお花のお稽古《けいこ》の時間になるから、私行くわね」

柚葉は腕時計を確認し、バッグと伝票を手に取った。

せめて自分の分だけは支払おうと財布を取り出したが、柚葉が手で制す。

「忙しいところ来てくれてありがとう」

「いえ、こちらこそ」

立ち上がって彼女を見送り、香奈は脱力したように椅子にすとんと腰を下ろした。

（海里さんと柚葉さんは、駆け落ちまで考えるほどの仲だったのね……）

ただの元恋人ではない。ふたりは今も、お互いを深く強く想い合っている。

想像以上の事実を突きつけられ、大きくショックを受けている自分に気づいた。

（私、今も海里さんを好きなんだ……）

過去の話ではない。

深優にさんざん否定したが、ずっと心の奥深くで眠らせていただけ。それを柚葉の打ち明け話で痛感させられた。それと同時に不安が頭をもたげる。

（片想いのまま結婚しても後悔しない？）

海里の気持ちはきっと、そう簡単には香奈に向かない。

彼にとっても本当にそれが最善の結婚なのか、香奈は、考えれば考えるほどわからなくなった。

その日、準備した本の福袋は、閉館時間を前にしてすべて利用者の手に渡った。

「香奈ちゃんの企画、今回も大成功ね」

「残り六日間あるので、明日以降もがんばります」

企画は一週間通して開催予定のため、事務所の奥のスペースには本が入った袋がまだ何袋も用意されており、明日以降順次出す予定である。

途中まで描いた新しいＰＯＰを自宅で仕上げようと、ハンドバッグとはべつの大きなバッグには用紙も詰め込んだ。

「全部、利用者さんに借りてもらえるといいわね」

「はい。それじゃ、お先に失礼します」

「お疲れ様」

まだ残る職員たちに挨拶をして図書館の裏口から外へ出る。この頃すっかり日が伸び、午後六時でもまだ明るい。

通りに面したエントランス側に向かうと、そこで思いがけない人物を見つけて足を止める。ガードレールに体をもたせかけ、腕と長い足を軽く組んだ姿に鼓動が弾んだ。

海里だ。

「お疲れ」

手を上げ、香奈に挨拶を投げかける。

「……どうしたんですか？」

戸惑いながらゆっくり近づき、彼の前で立ち止まった。

「どうしたもこうしたも、香奈とデートしようと思って」

「突然そんな」

「連絡先がわからなかったんだ、仕方ないだろう」

海里はそう言いながら手のひらを上にして指先をひらひらとさせる。

（……え？　手を置けってこと？）

エスコートするつもりなのかと、どぎまぎしながらそーっと手を出したが――。

「そうじゃなくてスマホ。連絡先登録するから。手ならあとでいくらでも繋ぐ」

大きな勘違いだった。

（恥ずかしい……！）

勘違いを誤魔化すために急いでバッグの中を漁り、スマートフォンを彼にそそくさと手渡す。

海里は素早く操作をして、香奈に戻した。

「電話とメッセージアプリ、両方とも登録したから」

「……ありがとう、ございます」

九年越しに海里の連絡先をゲットしたのに、柚葉から聞いた話が邪魔をして素直に喜べない。

「元気がないな。なにかあったのか？」

探るように見つめられてまごつく。柚葉から内緒だと言われたのに目が泳いでしまったが、

「いえ、なにも」

取り澄まして首を横に振る。

「本当に？」

「……本当に」

不必要に瞬きをしながらも、顎をぐっと引いて答えた。これ以上、詮索されません
ようにと願って息をひそめる。

海里は一瞬だけ視線を鋭くさせたが、すぐに笑みを浮かべ香奈の肩にトンと触れた。

「わかった。じゃあ行こう」

そのまま歩みを促されたが、足を踏ん張る。

「行こうって？　どこへ？　突然そう言われても」

「未来の夫の誘いを断るとはなにごとだ」

「夫って、まだ返事はしてませんけど……！」

柚葉から真相を聞いたのに、〝夫〟というキーワードに簡単に翻弄される。

「たしかに返事はお預けにされたままだな。それで？」

海里は回答を求め、小首を傾げて香奈の顔を覗き込んだ。

お見合いしたのだから返事をするのはあたり前。でも、香奈はまだ決めかねていた。

なにも言えず、彼を見つめ返す瞳が揺れる。

「まぁ迷って当然か。人生の一大決断だからな。それなら俺は、香奈に結婚したいと思ってもらえるよう全力を尽くすのみだ」

「ちょ、ちょっと待って」

海里は香奈の腕を掴み、半ば強引にコインパーキングに引っ張った。

(どうして私との結婚にそんなに必死になるの？　柚葉さんを早く吹っ切りたいから？)

本音を聞きたいが、柚葉と約束したからには不用意な質問はできず口を噤《つぐ》む以外にない。

磨き上げられた黒い車体に、ぽつぽつと灯りはじめた外灯が反射する。帰国して即決したという車は、駐車されている中でも群を抜いて存在感がある。

海里は助手席のドアを開け、香奈を乗せた。

黒いレザーシートに収まり、シートベルトを締める。

「どこへ行くんですか？」

「まずは腹ごしらえ」

海里の言い方に思わず笑みが零れた。

「なに、どうした？」

「世界中の誰もが羨む超セレブなのに〝腹ごしらえ〟って言うから」

強張っていた気持ちがふっと緩む。たったひと言が警戒心をあっけなく解いた。

「それじゃなんて言うのが正解？」

「正解なんてないから気にしないでください」

「笑ったのは誰だよ」

「ごめんなさい。海里さんの言いたいように言っていいです」

笑いながら返すと、海里は眉根を寄せて不満をあらわにした。

「なんだそれ」

「早く腹ごしらえに行きましょう」

海里の言い方を真似て、フロントガラスのその先を指差した。

「おちょくられてるように聞こえるのは気のせいか？」

クスクス笑う香奈の頭を、海里がくしゃっと撫でる。

高校時代を思い出し、胸の奥をきゅうっと摘まれた感覚がした。

彼に連れていかれたのは、一見さんお断りという雰囲気をひしひしと感じる高級料亭だった。

看板がないうえ、入口もわかりづらい。まるでわざわざ隠れているかのようにひっそりとある店は完全個室で、ほかのお客さんとも出くわさない造りをしていた。

壁に窓がない代わりに天窓があり、そこから夜空にぽっかり浮かぶ月が見える。

海里によると政府の要人や芸能人がお忍びで使う店だという。

帰国して間もない海里がそういった店に顔が利くのも、やはり成功者である所以《ゆえん》なのだろう。個室なのに会話が憚《はばか》られるのは、店が醸し出す厳かな空気のせいか。

「しゃべったら注意されそうな雰囲気ですね」

口もとに手を添え、内緒話をするように海里に囁く。

「図書館じゃあるまいし、誰も注意なんかしないよ。そんなの気にするな。料理は先に頼んであるが、なにかほかにお願いするか？」

海里が言うと、個室のドアが開き着物姿の店員が顔を覗かせた。

「お呼びでしょうか」

注文と勘違いしたようだ。

「いえ。なにかあれば声をかけますので」

香奈が慌てて言う。

「承知いたしました」

店員がドアを閉めると同時に海里と顔を見合わせる。目が合った途端、揃って吹き出した。

「筆談にしましょうか」

「昔みたいに？　そういえば図書館でもよく『しーっ』って注意されたっけな」

「ふふっ、そうでしたね」

凪子には『ふたりは要注意人物ね』とジョーク交じりに言われたものだ。『話したいならカフェでどうぞ』と。懐かしい。

「香奈は声が大きいから」

「ええっ、それは海里さんのほうじゃないですか？　私は鈴の音って言われますけど」

「なかなか言うね。まぁ、たしかに香奈の声は透き通ってる」

「でしょう？」

店員がまた顔を出しては困るので、囁き声で冗談を言い合う。

「ところで、普段からずいぶん大きな荷物を持ち歩いているんだな」

海里は、車に置いてきたバッグのことを言っているのだろう。

「中にＰＯＰを入れてきたので」

「ＰＯＰ？　なんでまた？」

海里は不思議そうに目を瞬かせる。

「自宅で書こうと思って」

「手書きで？」

「パソコンで作ったものは綺麗だし整っているんですけど、手書きのほうが味わいがあって私は好きなんです。より伝わるっていうか」

なんとなくあたたかみもある気がする。働きはじめたばかりの頃は、みんなと同じようにパソコンで作っていたが、今はほとんどのＰＯＰを香奈が手書きで担当している。以前よりも、利用者たちの目に留まるようになった実感があった。

「たしかに手書きならではの雰囲気を演出できるし、人の心を惹きつける効果はあるだろうな。消費者は、どこにでもあるパソコンのＰＯＰは見飽きてるから」

「やっぱりそうですよね。海里さんにそう言ってもらえると、正解って言われたみたいでうれしい」

香奈が笑うと、海里もうれしそうに微笑んだ。

（凪子さんや館長には『大変だからパソコンで作ったものでもいいんじゃない？』とたまに言われるけど、これからも手書き路線でがんばっていこう）

香奈が密かにやる気を張《みなぎ》らせていると、前菜が運ばれてきた。

それからは必要以上の会話は交わさず、ただただ繊細で美しい料理を堪能して店を出た。

傾いた月を見上げて息を吐く。

「やっと息を吸えたって顔だ」

「ああいうお店は緊張しちゃって」

父に連れていかれる店でも、もう少し気楽な雰囲気が多い。ずっと背筋を伸ばしていたため体もカチコチだ。

「相変わらず社長令嬢っぽくないな。……あ、今のはいい意味で言ったんだからな？」

「わかってます」

たしか昔もそんなことを言われたっけと思い出す。

「そういう俺も、香奈を初めて連れていく場所だからって気張りすぎたな」

海里の言葉に軽く胸が高鳴った。

（私を喜ばせようとしてくれたの？）

盗み見た彼の横顔に照れが浮かぶ。

「次はきっと楽しめるはずだ。行こう」

「えっ、これからまだどこかへ行くんですか？」

海里は内緒と言わんばかりに満面の笑みを浮かべ、戸惑う香奈を再び車に乗せた。

ハンドルを握る顔はかなり楽しそうだ。

「ね、海里さん、どこに行くの？」

「心配するな、いかがわしい場所に連れていくわけじゃない」

腕時計で時間を確認しつつ、にっこり笑う。

〝いかがわしい〟から連想して、勝手に顔を熱くする自分が恥ずかしい。

（私ってば、なにを……！）

「それとも、そういう場所をお望みか？」

「ちっ、違います」

ちらっと投げかけられた目が笑っている。

頬を手でパタパタ仰いで火照りを冷ましていると、車は都内にある遊園地の駐車場に入っていった。

「えっ、この時間からここ？」

「少しだけ付き合ってくれ」

時刻は午後八時過ぎ。閉園時間を過ぎているのか、それとも休園なのかわからないが、駐車場には車が一台も止まっていない。

「もう閉まってるみたいですけど」

そうでなければ、この状況の説明がつかない。

「いや。開いてるから心配いらない」

わけがわからないまま車を降りる。

ところが海里にエスコートされて入園ゲートへ向かう途中、立て看板に気づいた。

〝本日午後八時より貸し切り〟

やはり今夜は無理みたいだ。

「海里さん、貸し切りって書いてあります」

足を止めたが、海里はそれでも構わずに香奈の背中を押す。まったく意に介していない。

「ちょっと待って、海里さん、入れませんから」

「大丈夫だ。行こう」

それでも冷静さを崩さない彼を見て、まさか……と予感したそのとき。

「八雲様ですね。お待ちしておりました」

入園ゲートにいた女性スタッフふたりが、声を弾ませて香奈たちを出迎えた。満面の笑みからも歓迎ムードを感じて及び腰になる。

（やっぱり海里さんが貸し切りにしたんだ……）

思いがけない状況に面食らい、香奈は棒立ちだ。

「どうした、香奈」

「だって貸し切りって……」

目を瞬かせ、海里を見つめ返す。

「前に遊園地の貸し切りの話をしてただろう？」

「え？　……あぁ、あのとき」

パーティーで再会したときの会話だ。大富豪のイメージをあれこれ挙げ連ねたうちのひとつがそうだった。

（貸し切ってほしいって言ったつもりはなかったんだけど……）

まさか海里がそれを実行に移すとは予想もしない。

「今夜、ここは俺と香奈だけ。ほら、行こう」

「は、はい」

オロオロしているうちに手を取られ、力強く引かれた。

海里と初めて手を繋いだ事実が戸惑いを吹き飛ばし、香奈の心を容易くさらう。大きく高鳴った胸は、そのままスピードを上げて鼓動を刻んだ。

ゲートを抜けると、ポップで楽しいBGMと色とりどりの光を纏った乗り物が香奈たちを迎える。

正真正銘の貸し切り。お客さんの姿は、香奈たち以外に本当にいない。

（スタッフ以外に誰もいない遊園地なんて初めて）

ジェットコースターも観覧車も、なにに乗るにも待ち時間はなく、キラキラ動いている。夢の中にいる気分だ。

「香奈は、子どもの頃どんな乗り物が好きだった？」

「私はメリーゴーランドかな」

子どもの頃は絶叫系マシンが怖くて、ひたすらそればかり乗っていた記憶がある。対照的に深優は度胸があって、小さい頃からなんでも乗りたがった。

「香奈らしいな」

「そうですか？　海里さんは？」

「ジェットコースター」

「だと思いました」

それも高速で何回転もするようなスリリングなものに違いない。

「ちょうどいい、あれに乗ろう」

海里は視線の先にあるメリーゴーランドを指差した。

「いいですね！」

久しぶりのため、つい心が弾む。足取りも軽く乗り場に着くと、香奈は一頭の馬の横で足を止めた。

「これに乗ってもいいですか？」

「もちろん」

大きく頷く海里に微笑み返し、香奈が馬にまたがったそのとき。

べつの馬に乗るものと思っていた海里が、なんと香奈の後ろに乗ってきた。

「えっ⁉」

（一緒に乗るの……⁉）

戸惑う香奈をよそに、スタッフの合図で軽快な音楽と一緒にゆっくり回りはじめる。

誰もいない園内の景色が、光の帯となって流れていく。風を感じて爽快なのと同時に、背中に海里の体温を感じてどぎまぎする。

「香奈」

名前を呼ばれて振り向くと、海里は唐突に夜空を指差した。

（え？　なに？）

指の先を目で追ったそのとき、ヒューッと音を立てて火の玉が打ち上がる。次の瞬間、ビルの上に大輪の花火が開いた。

「わぁ」

思わず歓声を上げる間にも、次々と打ち上がっては大きな音を夜空に響かせる。色とりどりの光が弾け、パラパラと散る様は圧巻だ。

メリーゴーランドの動きに合わせ、首を回して見入る。

（だけど、こんな時期に珍しい）

そう思った直後にピンときた。

「もしかして、海里さんが？」

思わず振り返ると、すぐそこに彼の顔がある。あまりの近さに心臓が飛び跳ねた。

激しく瞬きをしながら俯く。

「そう。花火は俺からのプレゼント」

「……び、びっくりさせないでください」

「香奈を喜ばせたかっただけだ」

ふっと笑みを零し、海里が香奈の頭をポンと撫でる。

「さ、行こう」

海里は香奈の手を取り、馬から下ろした。

いつの間にかメリーゴーランドは止まり、花火も終わっていた。


香奈のマンションの前で車が止まる。

遊園地の貸し切りに、突然の打ち上げ花火。それは夢のような時間だった。

運転席から降り立った海里が、助手席に回って香奈を降ろす。

「さっきから急にしゃべらなくなったな」

「そんなことないです」

顔を近づけ覗き込まれたため、半歩後退して首を横に振る。唇が触れ合いそうなほどに顔が近づいた、先ほどの瞬間をずっと思い返していたせいだ。

「今日はありがとうございました」

頭を下げると、抱えていたバッグから手書きのPOPが顔を覗かせた。

海里はそれを目に留め、急に焦ったように顔を曇らせた。

「……そうか、そうだったよな」

なにが〝そう〟なのか、わからないまま海里を見上げる。

「香奈が喜ぶのは、ああいうのじゃない」

「〝ああいうの〟って……？」

「いかにも金にものを言わせたような演出」

遊園地の貸し切りや花火を指しているらしい。

初めて出会ったとき、セレブばかりが集まる場は苦手だと香奈が愚痴ったせいかもしれない。それとも手書きのPOPを見て、彼なりになにか感じ取ったか。

「そういうわけじゃなくて」

大富豪は、遊びのレベルが桁違いだと気後れしたのは事実。でも海里が香奈を喜ばせようとしてくれた気持ちは、純粋にうれしかったし楽しい時間だった。

「次回、挽回させてくれ」

「え？」

挽回もなにも、海里にはなんの汚点もない。

「次こそ香奈を喜ばせると約束する。楽しみにしててくれ」

海里がやけに自信ありげに微笑む。

いったいなにをどうするつもりなのか。わからないまま、香奈は海里に部屋の前まで送り届けられた。

「おやすみ」

「……おやすみなさい」

玄関のドアを閉めたあとも、遊園地で一緒に過ごした時間の余韻が残った。


翌日、出勤するなり、香奈は凪子に「ちょっとちょっと」と腕を掴まれた。そのまま誰もいない書架の陰まで連れられ、向かい合う。

凪子はメガネの奥で瞳を輝かせていた。

「どうしたんですか？」

目をぱちぱちさせながら彼女に問いかける。

「昨日、図書館の外で待ってた人って、香奈ちゃんが高校生のときに一緒に勉強していた彼よね？」

香奈たちを見かけたようだ。

「そうですけど、よくわかりましたね」

もう九年近く前なのに。それも図書館から見ていたら遠目だろう。凪子のメガネはよっぽどいい性能らしい。

「もちろんよ。あんなイケメンはなかなかいないから」

瓜子はメガネのブリッジを人差し指で上げた。

「私、当時もお似合いだなって思ってたんだけど、あれきり見かけなくなったでしょう？　どうしたのかなって思ってたの。お付き合いはじめたの？」

「お付き合いというか……結婚――」

「ええっ⁉　結婚⁉」

昔から館内での物音を取り締まる立場の瓜子が、香奈を遮り脳天から大きな声を出した。

自分で自分の声に驚いたのか、目を最大限に開き、口に手をあてる。

「どういうこと？」

「結婚はまだですが、先日お見合いをして」

「ちょっとよくわかんないんだけど……」

なぜ当時ここで一緒に勉強していた海里とお見合いに至ったのか、理解に苦しむのだろう。瓜子は眉間に皺を寄せて悩ましい顔をした。

「じつは私もまだよくわかっていないんです」

「本人もわかってないってどういうこと？」

今度はクスクス笑いだす。

海里と会えなくなってから九年近くなにもなかったのに、再会してからの展開はその間の分までまとめて起こったようなめまぐるしさだ。次から次に起こる出来事についていけていない。

本人がわからないのだから、他人はもっとわからないだろう。

「今言えるのは、彼が私のお見合い相手だということだけなんです」

「結婚はしないの？」

「まだお返事はしていなくて……」

「彼を好きだって顔に書いてあるけど」

凪子がいたずらっぽく笑ったため、香奈は咄嗟に手で両頬を覆った。

「いいなぁ、青春って感じ」

「もうそんな歳じゃありません」

二十代も後半。とはいえ、そんな年齢になるのに異性と付き合った経験がないのだから、経験値は中高生と変わらない。

「私からしたら、まだまだ青春よ。ともかく、自分に素直になったほうが人生はうまくいくってことだけ、先輩として言っておくわね」

凪子は深優と似たような忠告をして、カウンターのほうへ向かった。

（自分に素直に、ね……）

海里を好きな気持ちは素直に認めている。問題は、このまま結婚していいものかという点である。柚葉を忘れるための結婚なら、相手は香奈でなくてもいいから。

（柚葉さんの身代わりでしかない結婚で、私は本当に幸せ？）

好きだからこそ悩み、迷っていた。

館内に、開館五分前のアナウンスが流れる。

結婚話は心にいったん留め置き、香奈は気持ちを仕事に切り替えた。

翌日の土曜日の午後、公休の香奈は自宅マンションで落ち着きなくそわそわとしていた。

昨夜、海里から連絡があり、ここへ来るというのだ。

とりあえず朝から念入りに部屋中の掃除をし、近くのフラワーショップで買ってきた花も飾った。

できるだけのことは済ませたが、父親以外の男性を部屋に呼ぶのは初めてのため緊張が半端ではない。しかも、相手はあの海里だ。

「おかしなところはないかな。大丈夫かな」

あらゆる角度から部屋を眺めて最終確認をしていた香奈は、インターフォンの音で心臓が飛び跳ねた。

「来た」

一瞬だけ体中の細胞が停止した感覚がする。飛びつくように応答した。

「は、はいっ」

声が裏返ったため、モニターに映った海里がくくっと肩を揺らす。

『なにか取り込み中だったか？』

「べ、べつになにも。読書してたくらいです。とにかくどうぞ」

読書なんて嘘っぱち。取り繕って、オートロックを解除する。彼がドアの前でもう一度インターフォンを鳴らすまで、玄関で待機した。

玄関の向こうの足音に耳を澄ませる。ただ彼を部屋に招くだけなのに、鼓動は異様な速度で刻んでいた。

待ち構えていたインターフォンが鳴ったあと、頭の中でゆっくり五までカウントする。まったくもって意味はないが、余裕ぶりたかった。

最後に息を大きく吸い込み、ドアを開ける。

（どうしよう、出迎えるときの言葉を用意していなかった……）

最後の最後に準備不足を後悔する。

「こ、こんにちは」

ひとまず当たり障りのない挨拶を口にしたが、合っていたのかどうか。

しかし直後に、そんな悔いなど吹き飛んでしまう。海里は隠し持っていた大きな花束を差し出してきたのだ。モニターには映っていなかったから、見えないようにしていたのだろう。

「わぁ、すごい」

「香奈の好きな花を聞きそびれたから、とびきり綺麗なアレンジを頼んだ」

「こんなの初めて……。花はどれも好きです。ありがとうございます」

受け取りながら、彼を中に招き入れる。

「綺麗にしてるな」

「午前中いっぱいかけて掃除したので」

わざわざ言わなくてもいいのに、照れ隠しで暴露してしまった。

「でも、あんまりジロジロ見ないでください。恥ずかしいから」

せっかく掃除をしたのに両手を広げて隠したくなる。

「北欧テイストがいいじゃないか。インテリアコーディネーターも嫉妬するセンスだ」

「持ち上げすぎです」

「結婚したら俺のマンションに一緒に暮らすことになるが、そこも香奈の好きなように模様替えしてくれて構わない」

「気が早すぎます」

結婚に繋がる言葉に動揺しながら、ふと海里が提《さ》げている大きな袋に目が留まる。

「それは？」

「今日はこっちが本命。香奈に手料理を振る舞おうと思ってね」

「手料理？　海里さん、料理するんですか？」

意外すぎて想像できない。どちらかと言えば苦手なほうがしっくりくる。

「凝ったものは作らないが、まぁそれなりにね」

「もしかして、この前挽回するって言ってたのがそうですか？」

「ああ。名づけて〝香奈の胃袋を掴む大作戦〟だ」

「それって普通は女性が男性にする作戦ですよね」

思わず笑って返す。料理が苦手な香奈には不可能に近い戦略だ。

「手段に男も女も関係ないだろ。目的は同じだ」

「たしかに」

それはもっともだと香奈は大きく頷いた。

「じゃあ、キッチン借りるぞ」

海里は持参したエプロンを着け、キッチンの小さなカウンターに買ってきたものを広げはじめた。

トマト缶に生クリーム、エビやしめじなどの食材が次々と出た最後にスパゲッティが登場。パスタを作ってくれるみたいだ。

香奈はもらった花束のラッピングを外し、フラワーベースに挿していく。ドレスのような花びらのききょうやガーベラがとても華やかだ。せっかくだから今朝ダイニングテーブルに飾ったばかりの花の隣に置いた。

「なにか手伝いますか？」

「これは俺のプレゼンだから、香奈は座って待っていてくれ」

エビの処理をはじめた海里に声をかけたが、必要ないらしい。もっとも料理が苦手な香奈では足手まといになるだろう。

大人しくダイニングチェアに座り、料理する海里を眺める。鮮やかな真っ青のエプロンがこれほど似合う人がいるだろうか。好きな人というフィルターがかかっているのを差し引いても余りある。

しばらくしてにんにくのいい香りが立ち込めてきた。まな板で野菜を刻むリズミカルな音もフライパンの返し方も手慣れたものだ。普段から料理をしているのは嘘じゃないらしい。

(料理ができる男の人って素敵)

そのうえ容姿端麗で大富豪とくれば、誰も海里には敵わないだろう。持って生まれた容姿はまだしも、仕事で掴んだ栄光も料理上手なのも、すべて彼の努力によるもの。そんな男性からプロポーズされているのが不思議でならない。

「よし、できたぞ」

その声を聞き、香奈は立ち上がって食器棚から皿を出した。

海里によって丁寧に盛りつけられた料理を見て、思わずため息が漏れる。

「いい匂い。おいしそう」

「おいしそうじゃなくて、おいしいはずだ」

「そうですよね」

自信たっぷりに言うのだから間違いないだろう。

「エビのクリームパスタ？」

「トマトも入ってるから、エビのトマトクリームパスタかな」

上からかけられたパセリの緑で、彩も抜群だ。

ダイニングテーブルに運び、向かい合って座る。

「ランチにしては遅い時間だし、ディナーにしては早いからラディナーってところだろう」

「ラディナー？　ブランチみたいな造語ですか？」

「ああ。そんな言葉があってもいいよな」

「そうですね。早速食べてもいいですか？」

笑い合いながらフォークを掴むと、海里は手で〝どうぞ〟と勧めた。

「いただきます」

フォークで巻き取り口へ運ぶ。

「んっ、おいしい！」

濃厚なクリームとぷりっとしたエビの相性が抜群だ。塩加減もスパゲッティの茹で具合もちょうどいい。

「香奈の舌を満足させられたようだな」

海里の口角が得意げに上がる。

「大満足です。でもどうして料理をするようになったんですか？　海里さんならシェフだって雇えるのに」

「昔からなんでも興味を持つタイプだったからね。この味はどうやったら出せるんだ？って疑問に思ったら、なんでも作ってみたくなる。で、気づいたらこうなってた」

「海里さんらしい」

「だろう？」

海里がうれしそうに破顔する。

「なんか楽しそうですね」

「おいしいって言いながら食べる、香奈の幸せそうな顔が見られたからね」

そんなことだけで？と目をパチッとさせる。

「ところで香奈は、あまり料理はしないのか？」

手を滑らせてフォークを落としそうになった。

「どうして知ってるんですか⁉」

そんな話題は過去、持ち出していない。

「調理道具がほぼ新品だった。料理してない証拠だ」

鋭い指摘をされ、顔が真っ赤になる。情けないし恥ずかしい。

海里がにやりと笑う。

「海里さんはなんでも自分でできちゃうから、無理に結婚しなくてもいい気がしてきました」

嫌味ではなく、純粋にそう思った。

特定の女性に縛られる必要はないのではないか。海里なら、遊ぶ女性はいくらでもいるだろう。柚葉を忘れるためなら、結婚の形態をとらなくてもいい。

「俺は身の回りの世話をしてほしくて結婚するわけじゃない。なんやかんや笑ったり泣いたりしながら、一緒に人生を歩いていく相手が欲しいんだ」

海里は真剣な目をして訴えた。

(笑ったり泣いたりしながら、一緒に人生を……)

彼に連れられていった遊園地での出来事が、ふと蘇る。

香奈を喜ばせようと貸し切りにしたり、花火を打ち上げたり、海里の一生懸命さはひしひしと伝わってきた。なにより香奈は、海里と一緒にいると楽しくて仕方がない。

そんな彼の隣を歩けたら、どれほど幸せか。たとえその心に住んでいるのが柚葉だとしても。彼女の代わりに一緒に歩いてくれる人が欲しいだけだとしても。

好きな人と一緒にいられる未来が欲しいと素直に思った。

深優にも凪子にも、自分の気持ちに正直になるのが一番だと背中を押されたのも大きいだろう。想いにふたをして見えないふりをするのは、もうおしまいにしたい。

(海里さんがしてくれたように、私も全力で海里さんを振り向かせればいいのよ)

そんな前向きな気持ちが大きく芽生えた。

今は柚葉を好きでもいい。いつか自分を好きになってもらえるように努力しよう。

フォークを置き、両手を膝の上で揃える。背筋を伸ばして海里を真っすぐ見つめた。

「私も海里さんと楽しく生きていきたいです。今回のお話、お受けします」

海里の顔がみるみるうちに明るくなる。

「全力で香奈を幸せにする」

輝くばかりの笑顔で返され、香奈の笑顔も弾けた。

心に落ちた染み

香奈に結婚の了承をもらっておよそ十日が経過。海里の姿は、日本からプライベートジェットでおよそ十三時間、ニューヨークのマンハッタンにある『Amusee《アミュゼ》』本社にあった。

アミュゼの主力はイーコマース事業。ショッピングサイトはアメリカだけに留まらず、日本をはじめとした世界十五カ国で利用されており、アメリカ最大のシェアを誇る。有料会員数は昨年三億人を突破し、成長は破竹の勢いである。

海里は地上四十五階にあるCEO室の大きな窓辺に立ち、久しぶりにマンハッタンの夜景を眺めていた。

銀河の星屑をちりばめたような眩い景色は、美しいだけでなく、とてつもなく大きなエネルギーに満ち溢れる。一歩間違えば、強大な力に飲み込まれてしまいそうな危うさが、海里を虜《とりこ》にしていた。

おそらく、世界的な金融街への憧れもあるだろう。世界の中心地に立っているという、ある種のステータスだ。

起業当時、いつかこの場所に本社を構えたいと野望を抱いていたが、海里はわずか五年でそれを叶えた。

忙しなく叩かれるノックと同時に部屋のドアが開く。海里が振り返るより早く入ってきたのは、アミュゼのCOO——最高執行責任者のミナト・サンダースだった。

アメリカ人の父と日本人の母を持つ日系アメリカ人の彼は、海里と同い年の三十一歳。海里の手となり足となり動く人物である。

両親をほどよく中和した甘い顔立ちは、軽くパーマのかかったブラウンヘアがよく似合う。

『海里だー！　久しぶりー。戻ってきたって聞いて、すっ飛んできたよ』

秘書室で情報を耳にしたのだろう。早口の英語を話しながら手にしていたノートパソコンをソファに置いた。そしてそのまま長い足でずんずん大股で近づいてきたかと思えば、海里にがっちりと抱きついて鼻をクンクンさせる。

『おい、よせ。長く留守番していたペットか』

『ご主人様～。ワンワン！』

海里に呆れられようとミナトはまるで頓着がない。今度はおふざけモードで、頭に両手を添えて犬の真似をした。

度を越して人懐こい彼が、欧米人特有のスキンシップを利用してパーソナルスペースに無遠慮に踏み込んでくるのはいつものこと。今では海里も慣れたが、出会ったばかりの頃はずいぶん戸惑ったものだ。

これでアミュゼのCOO？と首を傾げたくなるが、仕事では人格が変わったように切れ者になる。

アミュゼが世界的に名の知れた企業に成長したのは、ミナトが右腕として働いてくれたおかげでもある。海里が決定した経営方針に沿い、日々の業務を最高のパフォーマンスで実行してきたのが彼だからだ。

豊富な情報を取り揃えることでサイトの閲覧者を増やし、購買へと繋げていくコンテンツマーケティングを取り入れ、売上を飛躍的に伸ばしたのも彼の手腕による。

『それにしても、日本にはずいぶんと長い滞在だったたね。本気で忘れられたんじゃないかと思ったよ』

『忘れるもなにも、一昨日、ウェブで打ち合わせしたばかりだろ』

それ以前もウェブミーティングを折に触れ開いており、放っておいたわけではない。

海里がふっと鼻から息を漏らして軽くいなすと、ミナトはこの世の終わりとでも言わんばかりの表情をした。

『長い付き合いなんだから、言葉の裏を読んで〝あぁ寂しかったんだな〟って察してくれてもいいじゃないか』

再び抱きついてくる気配を察知し、ソファに逃げる。海里は腰を下ろして、長い足をゆったりと組んだ。

少し不満そうだが、ミナトも向かいのソファに座る。

『昨夜のライブコマースの成果から聞かせてくれ』

『久しぶりに会ったっていうのに早速仕事の話かぁ。ま、いいや。その代わり、あとでちゃんと土産話も聞かせてよ？　八雲ＣＥＯ』

最後には敬意を込めて海里の名を呼び、仕事モードにシフト。ノートパソコンを開いて海里のほうに向ける。

『まず結果から。こちらをどうぞ』

画面には、ライブ配信アプリでアミュゼが時間限定で販売したスニーカーのレポートが表示されていた。

『配信修了までに三万足が見事に完売。トーマス本人が配信者として登場したのが、かなりのインパクトだった模様です。ＣＥＯの狙い通りですね』

トーマスは、アメリカで今もっとも人気のプロバスケットボールプレイヤーである。

彼の所属チームがシーズン優勝を果たしたため、絶好のタイミングだった。

チームのスポンサーでもあるスニーカーブランドとのコラボで製作した〝トーマスモデル〟を、アミュゼのライブコマースで発表する企画であった。

『株価もこの通り』

画面が株価のチャートに切り替わる。アミュゼの株価は急激な上昇トレンドだ。

商品と有名人がコラボした限定グッズをその時間だけ売るという特別感は、ユーザーの購買意欲を強烈に刺激するのだ。

『いかがです？　満足のいく出来だったでしょうか？』

『株価の結果がすべて。さすがミナトだ』

『お褒めに預かり光栄です』

ミナトは仰々しく胸に手をあて、ノートパソコンを閉じた。

『仕事の話はここまで。さて、次は海里の番だね。この数カ月、日本ではなにを？　久しぶりに帰国して郷愁《きょうしゅう》に浸りきってた？』

『結婚相手を探してた』

『へえ、結婚相手をね。……って、結婚相手⁉』

海里がさらっと報告すると、ミナトはテーブルに両手を突いて身を乗り出してきた。

これ以上ないほど目を見開く。

『なんでまた結婚なんて。両親に強引に仕組まれた?』

『いや』

『それじゃ業務拡大のため? いや、YAGUMOにそんな手段は不要だよね。じゃあなに、ゲームみたいなものとか?』

ミナトはさらに顔を近づけ、海里の両目を交互に凝視する。

『まさか。真剣に考えたうえで、相手には俺から申し入れた』

『海里から⁉』

今度は声が裏返った。

『そうまでして、がっちり囲い込みたいほどの女性と出会ったのか?』

『まぁそうだな』

四の五の言っている余裕はなかった。とにかく先手を打ちたかったのだ。

『でも海里ほどの男なら、ストレートに口説けばモノにできるだろう?』

『買い被りすぎだ』

『そんなことないよ。事実、うちの女性たちはみんな海里に夢中じゃないか』

ミナトは指折り数え、アミュゼの女子社員の名前を挙げ連ねる。自分の手だけでは足らず、海里の指まで貸せとねだる始末だ。

『で、お相手の返事は？　まぁ即日オッケーだろうけど』

『それが、なかなか手こずった』

『ええっ？　海里を手こずらせるって、いったいどんな女性なんだよ』

ミナトは首を大きく横に振り、両手を軽く上げて肩を竦めた。信じられないといった様子だ。

『手を替え品を替えプレゼンして、ようやくオッケーをもらったばかりだ』

『プレゼンって。海里らしい～』

アメリカのＩＴ企業を渡り歩いていた頃、自分を売り込むために様々なプレゼンをしてきた。ミナトと出会ったのもその頃だ。

『だけど海里が結婚かぁ。仕事ひと筋で女の子に興味なんてなさそうだったから、一生独身だと思ってたんだけど』

海里自身も、そう考えていたはずだった。仕事さえあればいいと。――香奈と再会するまでは。

『だけど、ちょっと待てよ。結婚したらどこに住むの？』

『彼女も仕事があるから、本拠地は日本になるだろうな』

せっかく夢を叶えた彼女から、司書の仕事を奪いたくない。

『それじゃ、ニューヨークのマンションは？　っていうか、アミュゼは？』

『アミュゼはこのまま。世界中どこにいたって、いくらでも仕事はできるだろう？

これまでと状況はそれほど変わらない』

『まぁそれはそうだけど』

リモートワークが主流となった今、場所にこだわる必要はない。それに実務実行部隊のトップであるミナトがいれば、業務にもなんら支障はないだろう。

アミュゼの本社はニューヨークだが、ＹＡＧＵＭＯホールディングス傘下の不動産や開発などの関連企業の機能は一部、すでに日本に移している。今後も世界各地を飛び回ることになるが、生活拠点は日本になるだろう。

『マンションも引き払わずに残しておくつもりだ』

ニューヨークだけでなく、各地に点在する住まいも残す予定である。

『そうか。海里が幸せになるって言うのなら喜んで送り出すよ』

『サンキュ』

『さてと、俺はそろそろ帰ろうかな。今度、海里の心を奪った女の子に会わせてよ』

『機会があればな。お疲れ。気をつけて帰れよ』

ミナトはノートパソコンを抱えて立ち上がり、手をひらりと振って出ていった。

部屋は途端に静かになり、きらめく摩天楼《まてんろう》を横に見ながら、海里の意識は自然と遠い過去へ飛ぶ。

＊＊＊

物心がついたとき、海里の父親はすでに有名なデザイナーだった。

当然ながら周囲は、将来は父親のあとを継いでデザイナーか、はたまたそのブランドを経営面から担う社長か、という目で海里を見ていた。

幼い頃から弟も含めたふたりは、絵画や美しいものを見ることで美的センスを養う情操教育はもちろん、マーケティングの知識や論理的思考力を育てる教育を施された。

しかし海里が興味を抱いたのはファッション業界ではなく、社会に新たな価値を生み出すＩＴ業界だった。

特に自宅にいながら、様々なものが買えるＥＣサイトの魅力は、海里を夢中にさせていった。

香奈と出会ったのは、周囲の考えとのギャップに悩んでいた頃だ。

父親に強引に連れ出されたパーティーで『将来はお父様のあとを継いで』という会話や、次から次へと紹介される令嬢たちに飽き飽きし、海里は華やかな会場から逃げ出した。

そこにいたのが、イヤリングをなくして途方に暮れる彼女だった。パーティーにうんざりして子どもじみた言いがかりをつけるなど、今思い出しても苦々しく、恥ずかしい。

同じようにパーティーから逃げたという彼女と話すうちに、香奈は海里の知っている〝社長令嬢〟の括《くく》りから外れていく。しっかりした意思も夢もあり、父親の威光に頼らず生きていきたいという強さを持っていた。

今まで出会った女性とは明らかに違う。光を帯びているわけでもないのに輝いて見えた。彼女の夢を応援しながら、海里自身も大きく勇気づけられた。

この場限りの出会いという特別感のいたずらか、引き寄せられるようにして香奈にキスをしようとしたそのとき、柚葉が現れ、現実に強制的に連れ戻された。

連絡先も知らない彼女とはそれきり。もう二度と会わないだろうと思っていた。

再会は一カ月後。卒論の資料を探しに、たまたま足を運んだ図書館でのことだった。

それ以降、そこで一緒に勉強するのが暗黙の約束となる。なにか特別なことをするわけではない。ただふたりで静かな時を過ごすだけ。たまに香奈に勉強を教え、息抜きのために揃って休憩する。

会うのは図書館の中だけだったが、一度だけふたりでアイスクリームを買いにコンビニに出かけたことがあった。歩きながら他愛のない話をしたときの、彼女の飾らない無邪気な笑顔に癒されたのを今でもよく覚えている。

図書館に戻ってから食べようと袋を提げてコンビニをあとにしたが、勉強から離れた解放感か真っすぐ帰るのが惜しくなり、図書館まで遠回り。開封したときにアイスが溶けてドロドロだったのもいい思い出だ。

そうして過ごすうちに、いつしか恋心が芽生えていた。

ふたりきりの時間を大切にしたかったが、たびたび図書館に現れる柚葉を無下にもできない。少しわがままなところがあり、思い通りにならないと事を荒らげる傾向のある柚葉を刺激したくなかった。

それでも香奈の受験が無事に終わり、自分の卒業が決まったら気持ちを打ち明けようと心に決めていた。

ところが想いとは裏腹に、渡米準備で多忙になりしばらく図書館へ行けなくなってしまった。

なんとか時間を作り告白しようとした矢先、真司から『香奈と付き合うことになった』と衝撃的な話を聞かされる。香奈が好きなのは真司だったのかと愕然とした。

香奈も同じ気持ちだと勝手に盛り上がっていた自分の滑稽さに笑うしかない。そういえば香奈との会話には、よく真司が登場していたと遅ればせながら気づいた。

だが香奈への想いは、それで諦められる程度のものではない。気持ちだけは伝えておこうと渡米前に会いに行くつもりでいたが、フライトの日時が急遽変更になり、結局会えないままアメリカに渡った。

それからは一心不乱に仕事に没頭する。そうすることで香奈への想いから逃げようとしていたのかもしれない。

しかし、はじまりも終わりもしない恋は厄介なもので、時間の経過に関係なく海里の心をがっちり捕らえて放さなかった。

およそ一カ月前、香奈と二度目の再会を果たしたとき、海里は柄にもなく運命を感じずにはいられなかった。初めて出会ったリゾートで、あの夜と同じようにビーチで再会したのだから無理もない。

可憐な少女から大人の女性に変貌を遂げていた香奈は、あの頃のようにキラキラ輝いて見えた。

内面から滲み出る品のよさとは裏腹に、パンプスを脱いで砂浜を歩く無邪気さもあの頃のままだった。

その彼女の父親が、結婚相手を探していると知る。パーティー会場で、結婚相手の候補を次々と香奈に紹介していたのだ。

その様子を遠巻きに見ていた海里に柚葉が囁く。

『あの子、学生の頃によく図書館で会った香奈ちゃんよね？　相変わらず可愛らしいお嬢さんね』

可愛らしいと言っている割には素っ気なく、言葉に温度がない。

『彼女は当時、真司と付き合っていたはずだが、あの様子だと今、恋人はいないようだな。彼とは別れたのか……？』

『付き合ってた？』

『ああ。俺がアメリカに発つ直前に真司と付き合いはじめたはずだ』

海里の言葉に、柚葉は床に視線を落として目を泳がせる。

『どうかしたか？』

『……あっ、そういえば、共通の友人からちらっと聞いたことがあるんだけど、彼女、別れてからもずっと元彼を想い続けているらしいわ。その彼、真司さんっていうのね』

柚葉が、やけに慌てたように続ける。

やはり香奈は今、フリーのようだ。それは思いがけない情報、いや、吉報だった。元彼を想い続けていようといまいと、彼女は誰のものでもない。そして今、彼女の父親は結婚相手を探している。

（であれば、俺がその結婚相手になればいい）

海里の足は、彼女の父親のもとへ向かった。

今まですれ違っていたのは、このときのためだったのかもしれない。ふたりの運命がようやく重なるときがきたのだと、目の前が開けたような感覚だった。

それからの海里の行動は速かった。

確実に手に入れるために香奈とのお見合いを申し入れると、トントン拍子に話は進んだ。

＊＊＊

ようやく香奈にいい返事をもらい、結婚に向けて進みはじめようかというところではあるが……。少し強引すぎたのではないかと反省もしている。

海里の気持ちが先走りし、香奈の気持ちを置き去りにしていないか。

香奈にとって海里の存在は負担になっているのではないか。

日本とアメリカで離れている今、余計に心配が募っていた。それもこれも、ふたりの間に確固たる信頼関係がまだないせいだろう。

恋愛関係を経ずに結婚を決めた地盤の脆さが、海里を落ち着かなくさせる。

(……焦るな。結婚は決まったんだ。あとは香奈の気持ちが追いつくのをじっくり待とう。まずは仕事だ)

逸《はや》る心を宥め、海里はデスクに移動してノートパソコンを開いた。

五日間の日程を終えてアメリカから帰国した足で、海里はYAGUMOホールディングスの東京《とうきょう》オフィスに向かった。

梅雨シーズン真っただ中の東京は、しとしとと静かな雨が降っている。ハイヤーの窓から見える夕方の街はグレーに染まり、色を失ったよう。

香奈に【今、日本に着いた】と送ったメッセージには、つい先ほど【おかえりなさい】と返信があったばかり。不在にしていた間の仕事は立て込んでいる。いつ会えるだろうかと考えながら車を降り、ビルの一階にあるコーヒーショップへ立ち寄った。

海里はその店のコーヒーがお気に入りで、オリジナルブレンドのコーヒーを買って東京オフィスで飲むのがルーティンのひとつである。

いつものごとく列に並んでいると、耳に聞き慣れた声をかけられた。

「海里くん」

振り返ると、窓際のテーブルで幼馴染の柚葉が手を上げている。

なぜここに？と不思議に思いつつ軽く手を上げて応え、コーヒーを受け取って彼女のもとへ行く。

「こんなところでどうしたんだ」

会うのはあのパーティー以来。連絡も取り合っていなかった。

「ちょっと用事があって近くまできたの」

「用事？　この近くに柚葉が？」

働いていない彼女がオフィス街に用事とはなにかと、不可解に思って聞き返す。

「うん、ちょっとね。それで、前に海里くんがここのコーヒーがおいしいって言ってたのを思い出して」

「それなのに、それ？」

柚葉がストローでかき混ぜた残り少ないグラスの中にはレモンが入っており、アイスコーヒーとは違うとわかる。

「あっ、うん、間違えてアイスティーを注文しちゃった。次は必ずコーヒーを飲むわ。それはそうと、出張だったの？」

キャリーバッグを見て、柚葉が話題を変える。

「ニューヨークから帰ったところ」

「それじゃ、海里くんに会えてラッキーだったな。少し時間ある？」

「まぁ多少は」

「ちょっと付き合ってくれるとうれしいな」

少しならと思い、キャリーバッグを隅に置き、彼女の向かいに腰を下ろした。

「おじ様に聞いたんだけど、お見合いしたんですってね」

「耳が早いな」

海里の実家と柚葉の自宅は、目と鼻の先にある。父親が友人同士のため、海里と柚葉は幼い頃はよく互いの家を行き来していた。

広告代理店の社長を父親に持つ柚葉は当時、引っ込み思案のため友達がなかなかできず、同級生よりも海里や海里の弟である駿《しゅん》と遊ぶほうが多かった。海里の母親も娘のように彼女をかわいがったものだ。

海里がアメリカに渡ってからもちょくちょく顔を見せたようで、たまに母親から【柚葉ちゃんからおいしいクッキーをいただいたの】などというメッセージがよく届いた。

「お相手は香奈ちゃんなんですって?」

「ああ」

「水くさいな。直接話してくれればいいのに」

「悪い。ちゃんと話そうとは思っていたんだ」

柚葉が不満そうに唇を尖らせたのは気づいたが、見ていないふりをして窓の外に視線を投げる。

柚葉から好意を感じるようになったのは、いつからだっただろう。

彼女が中学生になった頃か。明確に打ち明けられたわけではないが、言動や眼差しから薄《うっす》らと感じていた。

友人たちにも『柚葉ちゃん、お前のこと絶対好きだよな』と何度か言われたことがある。『美人だし、付き合っちゃえば?』とからかわれたこともある。

だが海里にとって柚葉は妹のようなもの。恋愛感情を抱く相手ではないため、それとなく一線を引き、期待を持たせないように接してきた。

それを敏感に感じとるのか、柚葉もその線を強引に越えてはこない。よき友人、幼馴染としての付き合いを続けていられるのもそのためだ。

「それで……結婚は？　……するの？」

探るように覗き込んできた彼女の目を正面から捕らえた。

「彼女から結婚の了承はもらってる」

「えっ……」

柚葉は顔を曇らせ、言葉を詰まらせる。しばらくなにかを考えるように窓の外を見ながら続けた。

「それじゃ、やっぱり忘れるためなのね……」

柚葉は意味深にぽつりと漏らし、ハッとして口元を手で押さえる。故意か過失か、見極めは難しい。

「香奈の話か。パーティーで柚葉が友人から聞いたって言ってた話だろう？」

別れた真司を忘れられないという噂だ。

「あ、うん。それでも結婚を決めたのって、そういうことでしょう？　この前、香奈ちゃんはまだ結婚を迷ってるって言ってたから」

「香奈に会ったのか？」

ふたりは顔見知り程度の間柄。海里がお見合いをしたと知り、わざわざ会いに行ったのだろうか。

目を細めて問いかける。

「この前、久しぶりに言の葉ライブラリーに行ったら、そこにたまたま香奈ちゃんがいて。あそこで働いていたのね。そのとき少しだけ話して……」

いつもおっとり話す柚葉が、珍しく早口になる。責められたように感じたのかもしれない。

「それで？」

「香奈ちゃんには言わないでくれる？」

「そんな真似はしない。柚葉から聞いたとも言わない」

それを聞き安心したのか、しかし言いにくそうにぽつぽつ話しだす。

「香奈ちゃん、ほかに好きな人がいるから、海里くんとの結婚に踏みきれないって。彼女のお父様に反対でもされたのかしら」

「想い続けている相手がいるのは俺も知ってる」

お見合いのときにそうはっきり言われている。海里も承知のうえだ。

香奈の父親は、たしかに彼女に最良の結婚相手を探していた。真司はいい男ではあるが、商社勤めというだけでは香奈の父親のお眼鏡《めがね》にはかなわないだろう。

それが原因で別れるはめになった可能性はある。だがそれは過去の話だ。

「……それなのに結婚するの？」

「ああ」

「どうして？」

「香奈が好きだから」

はっきりそう答えると、柚葉は面食らったように目を見開いた。しばらく表情を強張らせてから、ストローで忙しなくアイスティーをかき混ぜる。

「そっか。なんかごめんね、変な話をして」

「柚葉が謝る必要はない」

「怒ってない？」

眉根を寄せたため、そう見えたのだろう。探りを入れるように顔を覗き込んできた柚葉に、海里は首を横に振る。

「いや、怒ってないよ」

その男が岩井真司であってもなくても。この結婚がたとえ、そいつを忘れるためのものであっても、香奈は海里との結婚を決意してくれたのだから。海里となら結婚してもいいと思う程度には、好意があると考えていいだろう。となれば、心の中からその男を追い出せばいい。

少々強引な考え方なのはわかっている。自分の都合のいいように考えている自覚もある。

しかし一度は諦めた香奈と結婚できるのだから、そのくらいは試練のうちにも障害のうちにも入らない。

「じゃ、俺は仕事があるから」

「あ、うん……」

まだ口をつけていないコーヒーを手にし、海里はキャリーバッグを引いて店をあとにした。

これまでもマイナス要素を跳ねのけ、ここまでやってきた。その男よりも海里のほうがいいとわかってもらえばいい。

九年越しの恋を実らせようとしているのだから、多少の困難は承知のうえである。

エレベーターに乗り込み、二十階にあるオフィスを目指す。扉が開き、受付ブースを通り過ぎると、すれ違う社員たちが「お疲れ様です」と声をかけてきた。

挨拶を返しつつ秘書室を経由してCEO室に入ると、追いかけてきた秘書の女性が入室する。コーヒーを持参しないのは、海里がショップのカップを手にしていたからだろう。

「おかえりなさいませ」

恭しく頭を下げ、かしこまる。

「なにか変わったことは？」

「特にはございません。ご不在の間の書類などはそちらにございますので、ご確認をお願いいたします」

「わかった。ありがとう」

海里は特定の秘書を持たない。世界各地に点在するオフィス所属の秘書はいるが、海里の行く場所に合わせて帯同するのは負担になるためである。

執務机の右端に置かれたトレーには、彼らからの報告書類や稟議書、あらゆる分野のマーケット情報が届いていた。

一つひとつを手に取って目を通していくなか、海里はある情報に目を奪われた。

「これは……」

書類に目を凝らして内容を熟読する。スマートフォンを取り出し、秘書室に電話をかけた。

「M&A統括部長を至急部屋まで呼んでくれ」

『承知いたしました』

通話を切り、海里は部長の到着を待った。

＊＊＊

香奈は、雨音を聴きながら、近く開催される写真展の準備をしていた。

グレーの雲が街の色を消し、朝から降る雨が図書館の大きな窓にたくさんの雫をつけている。静かに降る雨でも音がよく聞こえるのは、図書館の静けさのおかげ。晴れた日はもちろん好きだが、より静かでしっとりとした雰囲気の館内も好きである。

アメリカに出張していた海里から、つい先ほど帰国報告のメールが届いた。

(今日帰ってくるって事前に教えてくれたら、お休み取って空港まで迎えに行ったのにな)

プロポーズの返事をしてから、香奈は心が軽くなったような気がしている。自分の気持ちを素直に認めてあげることは大切みたいだ。深優と凪子に感謝しなければならない。

（海里さんの会社に行ってみようかな。これまでずっと受け身だったけど、自分から行動して振り向いてもらわなきゃね）

そう積極的に考えられるのも、海里はもちろん深優と凪子のおかげである。

彼からのメッセージには、空港から会社に直行すると書いてあった。香奈が仕事を終えてから向かっても、おそらくまだ会社にいるだろう。

東京オフィスが入っているビルの一階に、海里お気に入りのコーヒーショップがあるらしいから、そこで彼が出てくるのを待てばいい。

驚く彼を想像して笑みが零れた。


仕事を終え、香奈は電車を乗り継いでＹＡＧＵＭＯホールディングスの東京オフィスが入居するビルにやってきた。

雨で靴が濡れても平気なのは、久しぶりに海里に会えるからだろう。傘の上を跳ねる雨粒のように、香奈の心も弾んでいた。

エントランスに入ってすぐ、右手にコーヒーショップを見つけた。入口付近の席で待てば、海里の姿をすぐに見つけられるだろう。

「いらっしゃいませ」

店員に声をかけられたそのとき、窓際のテーブルに海里を見つけた。

「海——」

一歩踏み出した足を止める。海里の向かいに柚葉がいたのだ。

ふたりは幼馴染だから、会っていてもおかしくはない。でも海里は、今日アメリカから帰ったばかり。その足で真っ先に会いたいのは——。

(やっぱり柚葉さんなの……?)

辛い現実を目の当たりにし、香奈はその場から動けなくなった。

『海里くんは駆け落ちしようって言ってくれたんだけど、私は両親に背くわけにはいかなくて……』

柚葉の言葉が頭の中で何度もリフレインする。

今は彼女を好きでもいい。いつか自分を好きになってもらえるよう努力しよう。

そう決意したのに、目に見える形で海里の本心を痛感し、途端に気持ちが揺らぐ。

(海里さんはやっぱり柚葉さんを好きなんだ……)

表情までは見えないが、会話は弾んでいるように見える。出張先の出来事でも話しているのかもしれない。最悪の場合、駆け落ちの算段の可能性だってあると、想像がどんどん悪い方へ傾いていく。

幼い頃から好きだった人を、そう簡単に忘れられるものではない。

実際、香奈だってこの九年近く、海里への想いを燻らせてきた。忘れたと思い込んでいただけで、再会をきっかけにして気持ちを再認識させられている。

駆け落ちさえ厭《いと》わないほど柚葉を愛した海里を、香奈は本当に振り向かせられるのだろうか。

一緒にいるふたりの実態を見たせいで、自信がぐらぐらと揺れていた。

「お客様、ご注文はいかがいたしましょうか」

店員に声をかけられ我に返る。

「ごめんなさい。やっぱりいいです」

小声で断り、コーヒーショップをそそくさとあとにする。傘に落ちる雨音が、悲しい調べに聞こえた。

大事にしたい想い

土曜日の図書館は、朝からたくさんの人が集まっていた。

夜をテーマにした写真集や本を特集した企画が、今日から一週間開催される。それにちなんで一般から公募した夜の風景写真が特設会場に掲示され、幻想的な空間を作り上げていた。街や工場群、港の夜景や夜空など、どれも撮影者の渾身《こんしん》の一枚だ。

来場者たちは本を手に取り、写真を眺めてはゆっくり回る。夕方を迎えても人は途切れず、香奈は書架と特設会場を忙しなく行き来しながら、頭の片隅では海里と柚葉のことを考えていた。

コーヒーショップでふたりを見かけてから二日が経過。海里とはまだ顔を合わせていない。

決して避けているわけではなく、海里が仕事で忙しいためである。

(柚葉さんには帰国してすぐに会ったのに、私には顔を見せてもくれないのね)

電話とメッセージのやり取りしかできていないため、弱気な自分が顔を覗かせ、たびたび香奈を迷わせている。

そうしてひとりで悩んでいるのなら、いっそのこと、ふたりが一緒にいるところを見かけたと言ってしまおう。そう考えて電話で口を開きかけたが、わざわざ喧嘩の種をまくような真似は避けたかった。

どういう経緯があろうと海里との結婚を決意したのだから、破局へ向かうような言動は慎みたい。彼を振り向かせるという決意に変わりはないのだから。

彼が柚葉を好きなのは承知のうえであり、海里が結婚を取りやめたいと言わない限り、この想いは大事にしたいと考えていた。

あれから二日経過したおかげで、気持ちは回復傾向にあった。

閉館時間まで残りわずかとなり、香奈は会場の本の整理をはじめた。

「この本は借りられるんですか?」

「もちろんです。カウンターの脇に全種類並んでいますので、気になるものがあったらぜひどうぞ」

仕事帰りらしきビジネスマンや学生に声をかけられるたびに、カウンターのほうを手で指す。そうして朝の状態に少しずつ戻していると、不意に肩をトンとされた。

「はい、なん——」

振り返りながら応じた香奈は、目を真ん丸にする。

「どうしたんですか⁉」

場所を忘れて大きな声が出てしまった。でもそれも無理はない。海里だったのだ。

自分の唇に人差し指をあて、海里は〝しー〟という仕草で微笑んだ。

「どうしてここへ？」

小声で言いなおして彼を見上げる。

「どうもこうも香奈に会いにきたんだ。久しぶりだな」

「はい。改めて、おかえりなさい」

「ただいま」

もやもやしていた心が、海里の顔を見ただけで軽くなっていく。

（ひとりで悩んでいてもはじまらないのよね。顔を合わせるってやっぱり大事だな）

すっきり晴れやかとはいかないが、少なくともコーヒーショップでふたりを見たときの落ち込み具合とは全然違う。

特設会場では話しづらいため海里と並んで出る。

「いい写真が集まったな」

「みんなプロ？って疑うくらい素敵なんです」

自分が撮影したわけでもないのに誇らしくなる。

「せっかくだから、このあとじっくり見ていってください」

「もう見て回ったよ」

「えっ、いつの間に？」

海里が来場していたなんて、香奈はまったく気づかなかった。

「香奈の仕事ぶりもじっくり見た」

「やだ、なんか恥ずかしい」

「意外と真面目にやってたな」

「意外は余計です」

いたずらっぽく笑う海里に苦情を申し立てる。

「冗談。思ったとおりだったよ」

くしゃっと髪を撫でられた。

髪が乱れるのも気にならない。香奈は久しぶりに会った海里を薄っすらと赤く染まった顔で見上げた。

「そろそろ仕事も終わりだろう？」

「はい、あと少しで」

時刻は午後五時五十分。あと十分だ。

「香奈は明日、公休って言ってたよな？　明日の夜まで香奈の時間を俺にくれないか」

昨夜、電話で休みだと彼に話していた。海里の誘い文句に鼓動が不規則に弾む。

（つまり、明日の夜まで一緒に過ごそうってことよね？）

言葉の裏を読んで頬が熱い。

前回は香奈の部屋で会ったから、今回は彼の部屋だろうか。想像が勝手に膨らむ。

けれど、まさか海を超えてしまうなんて夢にも思わなかった――。

海里のプライベートジェットでおよそ五時間。香奈は彼に連れられて、なんと香港《ほんこん》へやってきた。

香港の市街地にあるビクトリアハーバーを臨む彼の豪邸に招かれ、香奈は先ほどから大きな窓に貼りつきっぱなしである。

「これって、夢じゃないよね……」

目の前に広がる煌びやかな夜景を見て、漏れるのはため息ばかり。色とりどりの星屑が散ったような光景は、まさに百万ドルの夜景と呼ぶにふさわしい。

香港の夜景をひとり占めしているような感覚が心を躍らせる。カレンダーの日付はとっくに変わっているが、あまりにもダイナミックな景色に眠気は吹き飛んだ。

（『着替えのほかにパスポートを忘れるな』って言うから、どこに連れていかれるのかと思ったら……。本当に綺麗）

まるでミステリーツアー。目的地を教えてもらえず、香奈は空港に到着して初めて、ここが香港だと知ったのだ。

「香奈はこういうのはあんまり好きじゃないかもしれないけど、さっきの写真展を見ていたら、この夜景を無性に見せたくなった。明日の夜には送り届けるから許せ」

海里は、窓辺に立つ香奈の肩にポンと手を置いた。

唐突に海外に、それもプライベートジェットを使って連れてくるというセレブっぽいやり方を言っているのだろう。

「好きじゃないなんて全然。純粋にうれしいです」

海里の心に柚葉がいるのはわかっている。彼女を忘れようと必死になっているのも。でも、その事実に胸が痛くなる以上に、海里の言動は香奈を喜ばせるにはあまりある。遊園地の貸し切りも手料理も、そして今回の香港も、海里の精いっぱいの真摯な気持ちだろうから。

「連れてきてくれてありがとうございます、海里さん」

隣の彼を笑顔で見上げた。

「そんな顔はよせ。キスしたくなる」

「なっ……」

真顔で言われ、鼓動が大きく跳ねる。

海里はクスッと笑いながら香奈の頭をポンポンと撫でた。子ども扱いされているみたいだ。

「わ、私はべつに大丈夫です」

ドキドキする心を必死に隠して強がる。

「無理するな」

「無理なんてしてません」

むしろそれは海里のほうだろう。自分の心に嘘をついて、愛する人以外と結婚しようとしているのだから。香奈は、そのやり方につけ込んでいるだけ。

海里は意味深に微笑んだ。どことなく寂しげに見えたのは、柚葉を想ってか。

「そういえば、図書館は変わりないか？」

「え？　はい、特に変わりはないですけど……」

いきなり話が変わり、頭が混乱する。

(今日図書館に来たから、変わりがないとわかるはずなのになんだろう……?)

「図書館がどうかしたんですか?」

「いや、なにもなければいいんだ。さて、時間も遅いし、そろそろ風呂に入って寝るか。案内するよ」

海里は大きく伸びをして、香奈をバスルームに連れ立った。


先にお風呂を済ませた香奈は、広々としたリビングの長いソファに座り、変わらず光を放つ夜の景色に見入っていた。

バスルームもそうだったが、どの部屋もビクトリアハーバーに面し、窓から開放的な景色が見える。

朝にはどんな光景を見せてくれるのだろうか。期待値はどんどん大きくなる。

(こんな素敵なところに連れてきてもらえるなんて、海里さんに感謝しなくちゃ)

なにをするでもなく窓の外を眺めていると、お風呂から上がった海里が現れた。

Tシャツにハーフパンツというラフな格好の新鮮さと、まだ少し濡れた髪をタオルで拭う姿にドキッとする。香奈の隣に腰を下ろした彼から、バスソルトの香りがふわりとした。

無自覚に漏らしている男の色気にどぎまぎして、目があちこちに泳ぐ。

「飲むか？」

海里は手にしていた二本のミネラルウォーターのうちの一本を香奈に差し出した。

「ありがとうございます」

遠慮なく受け取り、キャップを開ける。ほどよく冷えた水が喉から胸を通っていくのを感じるほど、体が火照っているらしい。眺望のいいバスルームが心地よくて、普段より長風呂をしたせいだろう。

「明日は香港を案内するよ」

「ほんとですか？　楽しみ」

香奈の知らない海里を垣間見られるのはうれしい。ほんの一部に過ぎなくても、少しずつ埋めていけば、いつかきっと柚葉の存在を越えられると香奈は信じている。それこそが昔、海里が教えてくれた〝私はできる〟の精神である。

今は海里が香奈を妻にしようと考えてくれただけで十分だ。

再び前向きな気持ちを取り戻せたのは、忙しい海里が香港まで連れてきてくれたおかげ。香奈を喜ばせようとしてくれたから。

（私も、海里さんになにかできることはないかな……。少しでもいいところを見せて、好きになってもらう努力をしなきゃ。なにか、今すぐできること……)

あれこれ考えて思いついた。

「海里さん、読み聞かせをしてもいいですか?」

「読み聞かせ?」

驚かせてしまったか、海里は目を丸くした。

「あ、もちろん絵本とか児童書じゃなくて、大人向けの本ですけど」

そう提案してすぐ、自分でブレーキをかける。

「……子どもっぽいですね、ごめんなさい」

いくら得意だからとはいえ、さすがに読み聞かせはないだろう。

(なにかほかのことを考えよう。今ここでアピールできそうなものは……)

顎に手を添え思案するものの、なかなか思いつかない。

「ぜひ聞きたい。香奈が司書を目指したきっかけだろう。聞かせてくれ」

「……覚えていてくれたんですか?」

今度は香奈が目を丸くする番だった。

九年前、初めて出会ったときに語った、たわいない話を海里が覚えていたとは。

「もちろん」

海里のそんなひと言にもうれしくなる。

「じゃあ、聞いてもらおうかな」

本は持参していないが、電子書籍ならスマートフォンにたくさんダウンロードしてある。

香奈はバッグからスマートフォンを取り出してアプリを開いた。

選んだのは香奈お気に入りの散文詩集である。朗読するなら、わかりやすくてイメージしやすいものがいい。

「それじゃ俺も」

海里はいきなり香奈の膝の上に頭を乗せた。

「えっ!?」

「読み聞かせと言えば膝枕だろう」

「そ、そんな話、初めて聞きましたけどっ」

驚いて声が上ずった。

「それなら覚えて。俺はこの先ずっと、香奈の朗読を膝枕で聞くから」

寝転んだ海里が香奈を見上げ、いたずらっぽく笑う。〝この先ずっと〟という言葉に、香奈が密かに胸を高鳴らせたのも知らずに。

そう言われれば首を横には振れない。

「オッケー？」

確認されて、おずおずと頷いた。

「で、では、いきます」

膝に海里の重みを感じつつ、咳払いをひとつしてはじめた。

海にまつわる詩の数々を読んでいく。香奈にとってがんばる活力となる〝私はできる〟を連想する、海里との出会いを思い出しながら。そして、忙しい海里の心が、少しでも安らげるように願いながら。

香奈自身も疲れを感じたときには、この一冊をぼんやりしながら読むことが多い。読み終わる頃には、なんとなく気持ちがすっきり浄化されたような気分になる。

ふと見ると、海里は目を瞑《つむ》っていた。

（あれ？　寝ちゃった？　つまらなかったかな……）

退屈させてしまったか。寝息をたしかめようとスマートフォンを脇に置いて顔を近づけた途端、海里が瞼を開く。

「驚いた。寝てるのかと思いました。あまり上手にできなかったかな」

いつも子どもを相手にしているためそこそこ自信はあったが、大人向けの朗読は

される。

彼が好きだと言ったのは香奈自身じゃない、声だとわかっていてもたやすく心は乱

しっとりとした眼差しに吸い込まれそうになった。

「いや、よかったよ。それに香奈の声、俺は好きだ。……出会った日から、ずっと」

もっと練習したほうがいいかもしれない。

業。初めてのキスだった。

海里はそのまま上体をわずかに起こし、香奈に唇を重ねた。あっと思う間もない早

「ずっと聞いていたいって思った」

「……さっきは無理するなって言ったのに」

「そうだったな。でも無性に香奈とキスがしたくなった」

真っすぐな瞳に捕らえられ、体中の熱が一気に高まる。

海里は起き上がり、香奈の肩を引き寄せた。

頬にもういっぽうの手を添え、スローモーションのように顔が近づく。唇が触れ合

う寸前、目を閉じた。

ゆっくり三秒重ね合わせた唇が、優しく食まれる。想像以上にやわらかい感触を覚

えながら、彼にされるがまま。海里とキスしている事実が香奈をふわふわとした心地

にさせるくせに、心拍数は上がっていく。唇を割って彼の舌が入ってきたときには、鼻から甘ったるい吐息が漏れた。

「んっ……」

キスが深くなるにつれ、柚葉の存在も薄れていく。

「まだだ。もっと舌を出して」

言われるままに舌を伸ばす。触れ合うほどに海里との距離が縮まり、ふたりの仲が深まっていくよう。彼に愛されていると錯覚するくらい、甘いキスに没頭した。


翌日、香奈が目覚めたのは午前十時を回った頃だった。

バスルームとトイレまで完備した快適なゲストルームで着替えを済ませてリビングへ行くと、海里はキッチンでコーヒーを淹《い》れていた。まだぼんやりする頭を覚醒させるいい香りだ。

濃厚なキスをした照れくささを振り払い、声をかけながら彼のもとへ向かう。

「海里さん、おはようございます」

「おはよう。よく眠れたか？」

「はい、おかげさまで」

海里が香港を案内してくれると言っていたから、もう少し早く起きるつもりだったが寝過ごしてしまった。

でもそれも無理もないだろう。昨夜ベッドに入ったのは午前二時まであと少しだった。キスの感触が頭から離れず、なかなか寝つけなかったせいもある。

もしかしたらこのまま体の関係も……と覚悟もしたが、海里は香奈をゲストルームに案内。ふたりはべつべつの部屋で朝を迎えた。

「あのまま全部、香奈を俺のものにしたいって思ったけど、香奈にやっぱり結婚しない！って言われたら困るからやめておいた」

「い、今さらそんなことは言いません」

思わず本気で否定してしまった。やる気満々に見えたかもしれないと激しく後悔すると同時に、恥ずかしさで顔が熱くなる。

でも結婚はなにがあってもやめないし、べつべつの部屋でがっかりしたのは密かに事実だ。

「そう？　それは惜しいことをした」

嘘か本当か。たぶんまた冗談のひとつだろう。

「食材がなにもないから、コーヒーを飲んで外へ出よう」

「はい」

こくんと頷くと、海里は口角をニッと上げて頷き返した。

コーヒーメーカーのドリッパーから抽出されるコーヒーを並んで見守る。

「いい匂いですね」

鼻から大きく息を吸って彼を見上げる。

「だろう？　今、めちゃくちゃおいしい一杯を淹れるから」

それは楽しみだ。

「期待して待ってます」

「プレッシャーをあまりかけるな」

「自信満々に言ったのは海里さんですから」

「たしかに」

海里はクスッと笑いながら、「よし、完成」とふたつのカップにコーヒーを注いだ。

（よかった。海里さん、いつもと変わらない）

昨夜のキスが、ふたりの間にぎこちない空気をもたらすものではなくてホッとした。

彼の淹れたおいしいコーヒーを飲み、ガレージに止められていた車に乗り込む。海里の運転で車は発進した。

「海里さんは、世界各地に自宅があるんですか？」

「会社がある場所にはだいたいね」

「どこもここみたいな豪邸？」

美術館の様相を呈した自宅は、ビクトリアハーバーを見下ろす好立地からも高級物件なのは一目瞭然だ。周りの建物もハイグレードのマンションや、邸宅と呼ぶにふさわしい家ばかりである。

「マンションだったり一軒家だったり、いろいろだな」

「車も？」

「まぁそれなりに」

大富豪と呼ばれる人の生活レベルは、香奈の想像の遥か上をいく。香奈も一応は社長令嬢だが、海外どころか国内にも別宅はないし、プライベートジェットももちろん持っていない。

「やっぱり結婚しないとか言いだすなよ？」

香奈の気持ちを先読みして、海里が牽制する。

「言いません。もう決めたことですから」

「それじゃ帰国したら婚姻届を出そうか」

「婚姻届……。そうですね」

海里が誰を好きだろうと、香奈は大好きな海里のそばにいられればいい。

彼の横顔を見つめ、強く頷いた。


三十分ほど走り、車は香港島のリゾート地、スタンレーに到着した。海里によると、ここにはたくさんの欧米人が暮らしているという。

車から降りると、リゾート地特有のゆったりとした空気が流れており、絵のように美しい街並みが広がっていた。

「行こうか」

海里は、香奈の手を取り歩きだす。手を繋いだ事実に気づくのが遅れるほど、自然な流れだった。指を絡められてドキドキするいっぽうで、大きく逞しい手に安心感を覚えながら歩く。

ウォーターフロントマートにあるビーチの見えるレストランで飲茶のブランチを食べ、その後は海里お勧めのスタンレーマーケットに案内された。

狭い通りの左右にぎっしり、様々な店がひしめき合って並んでいる。中国《ちゅうごく》系の雑貨や服飾、アクセサリーなど、どこから見たらいいのか迷うほど。雑多な感じがワクワクする。

「あのお店に寄ってもいいですか？」

「もちろん」

海里の手を引き、先頭に立って店の中に入る。中国茶器がずらりと並んだ店内には、ほのかにお茶の香りも漂う。

「香奈は中国茶も飲むのか？」

「ウーロン茶やプーアル茶くらいですけど、器が素敵だなって思って。〝紫砂壺〟って、なんて読むのかな」

最後はひとり言のようにボソッと言ったが、海里がすかさず拾う。

「〝しさこ〟か〝ズシャフゥ〟かな。日本で言う急須。中国江蘇《こうそ》省の宜興《ぎこう》の土で作られる、茶壷でも一番有名な陶器だ」

「海里さん、詳しいんですね」

「まあ、それなりにね。一応、アミュゼで世界各国の商品を取り扱っているわけだし」

海里は控えめに言うが、多岐に亘《わた》る商品を網羅するなど簡単ではない。香奈がたまたま興味を示し、疑問を持ったことに対して即座に答えられるスマートさに改めて感心させられた。

尊敬の念を持って香奈が見つめていると、海里と目が合う。微笑みを向けられ、香奈も同じように返した。

「あっ、見てください、海里さん。これ、かわいい」

陳列された急須の中からひとつを手に取る。赤をベースに花のような木の枝のようなモチーフがついていた。

「それは自然形といって、自然界にある樹木なんかをヒントに作られている」

「そうなんだ。とっても素敵」

手に取ったそれを様々な角度から見ていると、女性の店員が近づいてきた。

「ニーハオ」

声をかけられ会釈で返すと、彼女の口からマシンガンのごとく中国語が飛び出す。

(えっ、ちょっと待って……!)

おそらく茶器の説明だろうが、中国語はさっぱりわからない。

(海里さんはどうだろう)

助けを求めるつもりでチラッと横目で見たそのとき、海里は店員に流暢な中国語で返しはじめた。

（海里さん、中国語が話せるの⁉）

驚いて目を瞬かせる。

アメリカ生活が長かったから英語を話せるのは知っていたが、中国語まで話せるとは。よくよく考えれば、海里はいろんな国に拠点を持っている。もしかしたら、ほかの言語も話せるのかもしれない。

「これは一点ものだそうだ。中国でも有名な作家が作ったらしい」

「世界にひとつだけ？」

「みたいだな」

海里と店員が揃って香奈を見つめる。

（でも、きっと高いよね……）

何気なく値札を見て、息が止まる思いがした。ドルマークで書かれた値段が、予想より一桁多いのだ。

店員が香奈に向かってなにやら口走る。たぶん〝今回を逃したら一生手に入りません〟などと言っているのだろう。消費者の心をくすぐるセールストークだ。

「気に入ったんだろう？　買おう」

「待って、海里さん」

香奈から商品を取り、素早く店員に渡す。

「香奈はブランド品とかより、こういうほうが好きだろう」

「でも――」

「いいから。俺からの気持ちだ。茶葉と湯呑もセットで買おう」

そこまで言ってくれているのに拒絶はできない。

「ありがとうございます」

「どういたしまして」

海里はにっこり笑って香奈の頬を撫でた。

丁寧に梱包してもらった紙袋を提げ、店をあとにする。

「海里さん、中国語すごく上手ですね」

「お褒めに預かり光栄です」

仰々しく胸に手をあて、海里がおどける。

「とはいえ、中国語は香港で主に使われている広東語《カントン》だけだ」

「ほかには何語が話せるんですか？」

「そうだな、フランス語とイタリア語を少し」

海里の言う〝少し〟は、たぶん意味通りのそれとは違う。きっとペラペラだ。

「どうやったらそんなにたくさん話せるようになるんですか？」

「その国に行って仕事をすれば、否応なしに話さざるを得ない」

たしかにそうかもしれないが、英語だけで済まそうと思えばできる。敢えてそうしないのは海里の性格上だろう。味の出し方に興味を持った料理も極めるくらいだから。

「さすがですね」

「俺との結婚を決意してよかっただろう？」

「外国語が堪能なのと結婚とは、また別問題のような気はしますけど」

「厳しいことを言うね」

海里はハハッと笑い飛ばした。

通りには先ほどよりたくさんの人が歩いており、狭い通路幅のため油断すると行き交う人と肩がぶつかりそうになる。

「香奈、こっち」

海里は人混みのわずかな隙間を縫いながら、香奈を庇うように歩く。途中、気になるお店を見つけては入り、ウインドウショッピングを楽しんだ。

日は次第に傾き、夕暮れ時が迫るのを空の色で知る。

あともう少ししたら日本に帰らなければならない。楽しい時間を過ごした反動で、寂しさが込み上げる。

（もっと海里さんと一緒にいたかったな）

そんな想いで横顔を見つめると、すぐに海里と目が合った。以心伝心みたいで気恥ずかしくなった瞬間、彼がふわりと笑う。

海里は、香奈の鼓動を弾ませる天才だ。

ふと通り沿いにあるコーヒーショップに目が留まる。日本にもあるチェーン店だ。

「あそこで少し休憩しませんか？」

「そうだな。ちょうど喉が渇いたところだ」

香奈が指を差すと、海里は快く誘いに乗った。

カウンター越しにアイスコーヒーとアイスカフェラテを注文する。

「茶器のお礼にご馳走させてください」

値段のつり合いがとれないのは目を瞑ってもらおう。

（お財布、お財布……）

ところが香奈がバッグを漁って財布を出したときには、海里がカードで決済を完了していた。

「えっ」

スマートすぎて言葉も出ない。

「お礼なら、俺は香奈からのキスのほうがうれしいんだけど」

「そ、そんなっ」

(こんなところでキスなんて無理よ……！　それも私からなんて)

目を白黒させていると、海里は微笑みながら香奈の頬を指先でくすぐった。

海里のそんな振る舞いに、昨夜から香奈は完全に翻弄されている。

少しずつ、一歩ずつ、海里との距離が縮まっているようにも思えた。


休憩を挟み、コーヒーショップをあとにする。

「最後に香奈と行きたい店がある」

そう言う海里が香奈を連れていったのは、見たことのない綺麗な文字が飾られた店だった。

「わぁ、かわいい。ここはなんのお店ですか？」

「花文字といって、二千年の歴史を持つ中国の伝統芸術。花や龍といった縁起のいい植物や動物で装飾された文字なんだ」

なんでも、気の流れによって様々な事象をとらえる風水術のひとつなのだとか。開運や福を招くと言われているらしい。

「ふたりの名前を並べて描いてもらおう」

「はい」

幸せになれると言われ、元気よく頷いた。

店主とのやり取りは海里に任せ、店内に飾られた文字を眺めて歩く。その中には香奈も知っている日本の芸能人の名前もあった。

完成まで近くの店を見て時間を潰しているうちに太陽は沈み、香港島に夜が訪れる。

ここへ来てまだ二十四時間も経過していないのに、内容は盛りだくさん。ふたりの距離も、心なしか近づいた気がしていた。

完成した花文字を受け取り、車に乗り込む。彼の家に車を置き、荷物を引き取ったら空港へ直行だ。

「この花文字は大きめの写真立てに入れて、ふたりの新居に飾ろう」

「そうですね」

幸せを招くと言われる花文字が、きっと香奈たちの結婚生活をいいほうに導いてくれる。

視線を感じて彼を見ると、唇が優しく重なった。

結婚を実感できるもの

香港への小旅行から四日後、海里たちは婚姻届を提出した。

「私たち、夫婦になったんですね。なんだかまだ信じられない」

区役所の駐車場で車に乗り込み、香奈がしみじみ呟く。

実感が湧かないのは海里も同じ。区役所の職員から事務的に『おめでとうございます』と言われただけであり、ふたりの共同生活もはじまっていない。結婚の実態がないせいだろう。

「それじゃ、信じられるようにしようか」

首を傾げた香奈に海里が続ける。

「結婚指輪を買いに行こう。婚約指輪もまだ渡してない。香奈の時間が許せば、の話だけど」

香奈は昼休みを兼ねて仕事を抜けている。先に昼食を一緒に食べたため、時間的にはすでに一時間ギリギリだ。

「指輪……。そっか、そうですよね」

自分の左手を眺め、香奈はかすかに頬を綻ばせた。その表情が幸せそうに見えたのは、海里の願望か。本当にそう感じてくれたらいいのにと思わずにはいられない。

「せっかくだから行きたいです。少し長めに休憩をもらったから、時間なら大丈夫なので」

「よし、決まりだ」

海里は香奈の頬にキスをし、意気揚々と車を発進させた。

コインパーキングに車を止め、香奈の手を取り助手席から降ろす。目的の店まで、そのまま手を繋いだ。

たった一泊とはいえ香港への小旅行は、ふたりの関係性を深める、いいきっかけになったと海里は感じている。自然と手を繋げるのも挨拶代わりにキスをできるのも、あの旅行があったからだろう。

今は香奈の心にべつの男がいようが、少しずつ好きになってもらえばいい。焦る必要はない。なにしろ香奈は正真正銘、海里の妻になったのだから。

手を握り返してくれる香奈がいれば、今はそれでいい。

「えっ、海里さん、ここ……」

店の入口に差しかかったところで、香奈が足を止める。

Ｌｅ・Ｍｏｎａ、海里の父親がデザイナー兼社長を務めるブランドの本店である。

「ここで買おうと思ってる。気に入らない？」

「気に入らないなんて」

香奈は首をふるふると横に振った。

「いつか身に着けたい憧れのブランドだろう？」

初めて会ったとき、香奈はそう言っていた。

「それはそうなんですけど、いいのかな。この前も高い茶器を買ってもらったし」

社長令嬢でありながら控えめなところは香奈の長所であり、海里も好きなところだが、今回は譲れない。

「あれはあれ、これはこれ。どちらも世界にひとつしかない品だ」

「……世界にひとつ？」

「ああ」

じつは今日は、ここを訪れようと最初から決めていた。昼休みが難しければ、仕事が終わってからでもよかった。

海里の妻になったからには、彼女の左手の薬指をいつまでも空席にしておきたくない。口に出しては言えない、無様な独占欲だ。

「じゃあ、お願いします」

「よし、行こう」

遠慮がちにしながらも笑顔を見せた香奈の手を引き、店内に入った。

黒を基調としたシックな内装は格式高い印象を与え、入店する者の背筋を伸ばさせる。洋服や靴、バッグや宝飾など数多く取り扱っているが、ごちゃごちゃした感じはなく、ゆったりと陳列され品のよさを物語っていた。

「海里様、いらっしゃいませ」

黒いスーツを着た女性店員が、すかさず近づき挨拶をする。

「社長もお見えになってます」

「父がここに？」

思わず聞き返した。香奈も隣で面食らう。

たしかに今日までに準備しておいてほしいと頼んではいたが、店で待ち受けているとは予想もしない。

そうこうしているうちに奥から父、正一が現れた。

「香奈さん、よく来てくれたね」

両腕を広げ、大股で海里たちのもとへやってくる。歓迎ムード満点だ。

「お、お義父《と う》様、こんにちは」

香奈は恐縮して急いで頭を下げた。

まだ慣れない〝お義父様〟という言葉に、正一が眦《まなじり》を下げる。

「私にもいよいよ娘ができるのか。いやぁ、感慨深いね」

「父さん、婚姻届なら今出してきたところだ」

「そうかそうか。では香奈さんは正真正銘、私の娘になったのだね」

「至らない点も多々あると思いますが、どうぞよろしくお願いします」

体を強張らせる香奈の肩をトントンと優しく叩く。こんなところでいきなり義理の父が現れれば、カチコチになるのも無理もないだろう。彼女にとっては憧れのブランドのデザイナーでもある。

「海里、準備ならできてるぞ」

「ありがとう」

父が先導し、店員に案内された奥の部屋にはソファセットがあった。

正一の向かいに香奈と並んで腰を下ろす。

「香奈さんをイメージしてデザインしてみたんだ。どうだろうか」

正一はジュエリートレーを差し出した。

指輪の腕は美しいカーブを描き、台座には繊細なカッティングが施された大粒のダイヤモンドが輝いている。

「……私だけのデザイン？」

「海里にお願いされたものだが、最初から息子のお相手には私が一点もので作りたいと思っていたんだよ」

正一は穏やかな笑みを浮かべ、香奈を見た。

「大丈夫かい？」

「うれしすぎて……。海里さんがさっき『世界にひとつしかない』って言ったのは、こういう意味だったんですか？」

潤んだ瞳で問われ、軽く頷く。同じデザインの指輪は存在しない。

「お義父様も海里さんも、本当にありがとうございます」

香奈は目に涙を浮かべ、めいっぱいの笑みを浮かべた。

「サイズはどうだろう。お直しが必要でなければ、このまま持ち帰れるが」

「香奈、試してみて」

海里が促すと、香奈は恐る恐る指輪を手に取った。少し震えている指先がかわいい。

左手の薬指に滑らせ……。

「ぴったり」

香奈は海里を見て、それから正一を見た。うれしそうだ。

「それはよかった」

「父さん、刻印は？」

「それも完璧だ。中にふたりのイニシャルと今日の日付を彫ってある」

正一は自信満々に胸を張った。

婚約指輪と一緒に結婚指輪も受け取り、海里たちは車に戻ってきた。

香奈の喜ぶ顔を見られた海里は、すこぶる気分がいい。

婚姻届を出し、指輪も手に入れた。肝心の香奈の気持ちはまだ手中にしていないが、夫婦としてひとつずつ形になっていくのを実感していた。

「早速、着けて仕事に戻る？」

「いいですか？」

「香奈さえよければ」

彼女の意見を尊重しつつ、もしも断られたら、なにか理由をつけて指輪を嵌《は》めようと考えていたが。薬指の空席を早く埋めたかった。

綺麗にラッピングされたケースのリボンを解き、中から婚約指輪を取り出す。

「手、貸して」

「……なんか照れますね」

恥ずかしそうに出した左手を取る。

「もっとロマンティックな場所で渡すものなんだろうけど」

「どこだってうれしいので」

海里を気遣ったひと言だと頭でわかっていながら、指輪を待ち望んでいたのだと心は勝手に解釈する。

婚約指輪を滑らせ、さらに結婚指輪も重ねた。

さすがＬｅ・Ｍｏｎａのデザイナー。重ねづけしたときのことまで考えられたデザインだ。

「今度は海里さんの番。手、貸してください」

香奈に言われるままに手を出した。

ふたりきりの神聖な指輪交換が、海里の胸を震わせる。婚姻届を提出したときとは比べ物にならない。

（香奈は、もう俺だけのものだ。誰にも渡さない）

心で滾《たぎ》る想いを隠し、平静を装う。

「海里さんの言っていた通りですね」

「なにが？」

「指輪を嵌めたら結婚したんだって実感が湧いてきました」

照れくさそうに笑う香奈を見たら、抱きしめずにはいられなかった。

運転席から腕を伸ばし、香奈を引き寄せる。

「香奈、もう俺たちは夫婦だ」

「はい……」

「すぐにでも俺のマンションに越してきてくれ」

「……わかりました。準備を進めますね」

耳元に香奈の吐息を感じ、理性がたやすくぐらつく。彼女を引きはがすまでにそれをなんとか抑え込み、軽く唇を重ねるだけに留めた。


婚姻届を出して十日が経過した。

証人欄にサインはもらっていたが、香奈の両親にも改めて結婚の報告をし、ホッとひと息といったところである。

まだ着け慣れない結婚指輪は、海里の左薬指で目映い光を放っている。小さいくせに存在感は大きく、ふとしたときにしみじみと結婚の事実を海里に知らしめていた。

いよいよ明日は、香奈がここへ越してくる。

閑静な住宅街にある低層のマンションは、二年前に海里が開発した物件である。それ以前住んでいた――というよりは荷物を置いていたマンションは手狭になったため処分した。広いルーフバルコニーを有し、各スペースもゆったりとした住まいは、香奈と新婚生活をはじめるにはもってこいだ。

帰宅して三十分ほど経った頃、インターフォンが鳴った。

飲みかけのビールをテーブルに置き、モニターを確認する。柚葉だった。

ここに引っ越したとき、彼女は海里の母親にくっついて一度だけ来たことがある。

「こんな時間にどうした」

『おじ様から結婚したって聞いたわ。お祝いを持ってきたの』

柚葉は手にした紙袋をモニターに映るように持ち上げた。形状からワインのように見える。

香奈との新居となるここに、彼女が不在のときに招くわけにはいかない。かといって、持参したお祝いをコンシェルジュに預けるように頼むのは失礼だろう。相手は幼馴染だ。

「今、そこに向かうから」

『……部屋にあげてくれないの？』

「悪いな。香奈がいないから、それはできない」

柚葉の顔が曇ったのがモニター越しにでもわかった。

「いったん切るぞ」

『まっ』

なにか言おうと口を開いた柚葉を遮り、通話を切って階下へ向かう。セキュリティゲートを抜けると、彼女は手を上げて微笑んだ。

「遅い時間にごめんね。でも、できるだけ早くおめでとうって言いたくて」

「わざわざよかったのに」

「小さい頃から仲良くしてきた幼馴染でしょう？　お祝いくらいさせて」

「そうだな。サンキュ」

幼馴染として、長年の友人として、心から祝福してくれていると思いたい。海里が香奈と結婚した以上、さすがに柚葉も、自分には見込みがないと割りきる以外にないだろう。

「これ、ビンテージもののワインなの。香奈ちゃんがいれば、三人で一緒に飲みたかったんだけど。……今度、お邪魔してもいい？」

「そうだな、機会があれば」

社交辞令が半分、本気が半分という、複雑な気持ちだった。

男女である以上、これまでのように気安い間柄でいるわけにはいかない。柚葉側に好意があればなおさら。柚葉のためにもならない。

かといって両親同士が仲良く、幼馴染という関係上、きっぱりと絶縁するのは難しい。彼女から嫌がらせをされたわけではないため、一方的に突っぱねるのは利己的だ。

柚葉とは、今後も一定の距離を保って接していくのがいいだろう。

「送れないから、タクシーを呼ぶよ」

「ちょっと待って」

コンシェルジュのカウンターに向かおうとした海里を柚葉が引き留める。

「トイレに行きたくなっちゃった」

「トイレ？」

「ごめんね。海里さんの部屋のトイレを借りられないかな」

エントランスにコンシェルジュが使用するトイレはあるが、一般向けには開放されていない。

「トイレを借りるだけ。すぐに帰るから」

柚葉は〝お願い〟と両手を胸の前で合わせた。

生理現象を我慢しろというのも酷だろう。

「わかった」

迷った末に海里は柚葉を連れ、セキュリティゲートをくぐった。

エレベーターに乗り、最上階である三階を目指す。玄関を開け、柚葉をトイレに案内した。

プレゼントされたワインをダイニングテーブルに置く。彼女が出てくるのを気にしながら待っていると、ソファの上でスマートフォンがヴヴヴと振動音を響かせた。

香奈かもしれないという予想が的中。画面に表示された名前を見て、無意識に顔が綻ぶ。

「もしもし」

スマートフォンを耳にあて、ソファに座った。

『海里さん、まだお仕事中ですか？』

「いや、もう家。どうかしたのか」

まさか、引っ越しを延期したいと言うわけではあるまい。

ハラハラしつつ、声は平静を装う。

『明日の引っ越しですが、海里さんはそこで待っててください』

「……ここで？　突然どうした」

明日、引っ越し業者が荷物を積み込んだあと、香奈は海里の車でここへ来ることになっているが。

ひとまず延期ではないとわかり、電話口の香奈に伝わらないよう細く深く息を吐く。

『やっぱり、私ならタクシーでも電車でも行けますから』

そのひと言で察する。海里の時間をなるべく拘束したくないと考えたのだろう。

香奈はそういう気遣いのできる女性だ。――だが。

「その必要はない。予定通り迎えにいくから」

それもこれも、早く香奈に会いたいがためである。少しの時間も無駄にしたくない。

『いいんですか？』

「そうさせてくれ。ふたりの結婚生活がスタートする大事な日だ」

海里はスマートフォンを右手に持ち替え、左手に光る結婚指輪を眺める。香奈の唇にするつもりで、自分の薬指に口づけをした。

たかが指輪、されど指輪。不確かな愛を育もうとしている海里にとって、目に見えるふたりの繋がりはとても大きい。

『それでは、甘えさせてもらいます』

「ああ、そうしてくれ」

『はい、よろしくお願いします。明日、待ってますね』

いよいよ明日から、ここでふたりの生活がはじまる。

想像するだけで気持ちは高揚し、知らず知らず笑みが零れる。もしもミナトにでも見られたら、〝締まりのない顔だ〟と揶揄されるだろう。

『おやすみなさい』

「おやすみ」

幸せな気分で香奈との通話を切ったそのとき、背後を誰かが通った気配がした。

しかし反射的に振り返ってみても、誰もいない。気のせいかと思いなおした直後、柚葉の存在を思い出す。香奈と電話しているうちに、うっかり忘れていた。

玄関へ行くと、彼女はそこにいた。

「悪い。電話が入った」

「ううん。……香奈ちゃんから？」

バッグを両手で持ち小首を傾げる柚葉に、海里は頷いて答える。

「この前の話だけど、香奈ちゃんには……」

柚葉の表情にかすかな緊張が走る。

香奈には忘れられない男がいるというやつだ。

「話してない」

柚葉にどんな意図があったにせよ、海里は香奈の古傷をえぐって傷つけるつもりはない。過去にどんな恋愛をしていようと、香奈は海里の妻になったのだから。

大事なのは今である。彼女の心を海里で満たせばいい。

「そう」

声のトーンが若干上がった。海里が約束を守り、ホッとしたのだろう。

「それで、香奈ちゃんとはいつから一緒に暮らしはじめるの？」

「明日、引っ越してくる予定だ」

「そうなのね」

顎を軽く上げ、ふーんといった様子で小刻みに頷きつつ、ぼそっと呟く。

「……よかった」

「なにが？」

かろうじて聞き取った彼女の言葉を拾って問いかける。

柚葉は軽く息を吸い込み、目を見開いた。

「あ、早めに来られてよかったって意味。こういうのってスピーディーなほうがいいでしょう？」

そういうものなのだろうか。

「ともかく私は早く渡したかったの」

「気を使わせて悪かったな。そろそろタクシーを呼ぼう」

「そんなに早く追い返さなくてもいいのに」

柚葉が恨めしげに呟いた言葉を聞こえないふりして、玄関のドアを開ける。外へ出るよう促した。

「コンシェルジュにタクシーを呼ぶよう連絡を入れておく」

「ありがとう。でも自分で拾えるから大丈夫」

柚葉は口元にだけ笑みを浮かべ、手をひらりと振ってエレベーターのほうに歩いていった。

イヤリングのメッセージ

海里のマンションは、香奈の想像以上のものだった。

コンシェルジュ常駐のフロントや高いセキュリティは当然だし、豪華な造りもある程度予想していたが、それを遥かに超えるグレードだったのだ。

曲線を描いたダイナミックな外観は、ベージュの壁がエレガントさを醸し出す。エントランスへ向かう壁や床には御影石、柱には大理石、内廊下から部屋への共用部分にはタイルカーペットが用いられ、上質な空間を造り上げている。フロントの前には庭園が広がり、高級ホテルか美術館と見まがうほどである。

白を基調とした広いリビングやアースカラーでまとめられた寝室は余計な装飾がなく、シンプルさがかえって洗練された雰囲気が漂う。

引っ越し業者により荷物が運び込まれ――といっても洋服や小物類がほとんどではあるが――新居に着々と香奈のものが増えていく。

今日からここで、海里との新婚生活がはじまる。

そう思うと、少しの緊張とほどよいドキドキで背筋が伸びる思いがした。

荷物の片づけを終え、夕食を外でゆっくり済ませて帰宅する。リビングの隅には空になったダンボールが畳まれ、海里によってまとめられてあった。

「香奈、お疲れ様」

「海里さんもありがとうございます。忙しいのにすみませんでした」

「謝られるのは不服だな。香奈ひとりじゃなく、ふたりの生活だろう」

海里の気遣いのひとつだとわかっていても、〝ふたりの〟というのが胸をくすぐる。照れくささに俯くと、海里が微笑むのが視界の隅に映った。

「お風呂ができてるから、先に入っておいで」

（お、お風呂……！）

いよいよ、そのときがやってくる。お風呂の先に当然ながら訪れる初夜を想像したら、急に落ち着かなくなった。

「いえ、私はあとでいいので海里さんがお先にどうぞ」

「香奈が先だ」

「ダメダメ、海里さんから」

埒のあかない押し問答をしていたが、結局「そこまで言うなら一緒に入るか」と海里に言われ、「先に入ってきます！」と大慌てで踵を返した。

（海里さんと一緒にお風呂なんて、絶対に無理……！）

背後からクスクス笑う声が聞こえたが、急いでパジャマと下着を準備してバスルームの扉を閉めた。

身を清めるつもりでいつも以上に念入りに体を洗い、心を落ち着かせるためにゆっくりバスタブに浸かる。

（二十七歳にもなって処女だって知ったら幻滅するかな。いい歳して恋愛経験もないのかって、思いきり引かれるかな）

この期に及んで、余計なことがあれこれ頭に浮かんでくる。心が落ち着くどころか、ドキドキハラハラする悪循環に陥った。

彼の妻になったのだから、今さらジタバタしてもはじまらない。

「がんばろ」

なにをどうがんばるのかわかっていないが、彼に身を任せて乗りきろうと決めた。

パウダールームで髪の毛を乾かし、歯を磨いてから海里にバトンタッチ。香奈は寝室で待つことにした。

「新しい下着にしたし、きっと大丈夫よね」

声に出すことで自分を鼓舞し、奮い立たせる。

（こういうときって、ベッドに横になっていたほうがいいのかな。それとも座ってるほうがいい？　さすがに立って待つのはおかしいでしょう？）

あれこれ悩みつつ、ベッドの周りをウロウロしていたときだった。

ベッドの脚のそばに、きらりと光るなにかが落ちているのが見えた。

（……なんだろう）

その場に屈み、指先で摘まんで持ち上げる。ドキッとした。

「これって……」

ダイヤモンドのチェーンイヤリングだったのだ。

（どうしてこんなものがここに……）

ほかの部屋ならまだしも、ここは寝室。住人以外が立ち入る場所ではない。

しかも、どこかで見覚えのあるイヤリングだった。

（……柚葉さんがしていたものと似てる）

図書館に現れたとき、彼女が着けていたイヤリングと酷似していた。

ここにそれが落ちていたということは、つまり――。

想像したくないシーンが頭の中に再生されたため、急いで頭を振って振り払う。

「違う違う。海里さんが私たちの新居でそんなことをするはずない」

そう必死に否定するが、ふたりは以前、恋人同士だった。それも駆け落ちまで考えるほど深い愛情で繋がっていた。

その事実が香奈の否定を邪魔する。

香奈との結婚は彼女を忘れるためのもの。しかし人の心は、そう簡単に変わるものでないのは身をもって知っている。

（私と結婚はしたけど、想いを振りきれなくてここで逢瀬《おうせ》を重ねていたの？）

疑いたくはないが、このイヤリングがすべてを物語っていた。

目の前が真っ暗になり、その場にペタンと座ったまま立てなくなる。

結婚さえすれば、問題は解決すると思っていた。近い将来、海里はきっと香奈を好きになってくれると信じていた。

ここ最近の海里の言動が、見つめる眼差しが、香奈に自信をつけさせていたのだ。

でも現状はまるで逆。香奈を好きになろうと努力すればするほど、柚葉への気持ちが募っていったのかもしれない。

初夜にそれを思い知らされるとは――。

寝室のドアが開き、海里が現れた。

「香奈、そんなところでどうした」

近づいてきた海里が香奈の両肩を抱き、そっと立ち上がらせる。

咄嗟にイヤリングごと手をパジャマのポケットに突っ込んだ。

「海里さん、あの……」

ポケットの中で握りしめたイヤリングがぎりっと軋《きし》む。

香奈の顔を覗き込んだ海里の目も見られない。

「香奈？」

今ここでイヤリングを突き出したら、香奈たちはきっと終わる。優しい海里のことだから、香奈をこれ以上傷つけられないと考えるだろう。

そう思うと、彼を問い詰める勇気は出ない。彼女との痕跡を見せつけられてもなお、海里との未来を諦めきれずにいた。

「ごめんなさい……」

「やっぱり無理か」

海里がぽつりと呟く。

無理とはいったいどういう意味なのか。海里の顔を見上げた。

憂いを帯びた眼差しは、香奈ではないどこか遠くを見ている。

（あぁ、海里さんはやっぱり私を抱けないって意味なのね）

柚葉でなければダメなのだと言ったのだろう。

「香奈、強引に進めて悪かった」

そのひと言がすべてだと悟る。

香奈との結婚をスピーディーに進めたが、やはり自分の気持ちには嘘をつけない。心には柚葉がいて、その領域は誰であろうと侵せないと痛感したに違いない。

「ここに座って」

海里は気遣うように香奈をベッドに座らせた。遠慮がちな手つきが歯がゆい。

「俺はべつの部屋で寝るから、香奈はここで寝てくれ」

「えっ……」

自分から仕掛けたくせに、夫婦の寝室にひとり取り残されると知り動揺する。――それも大事な初夜に。

海里は昔よくしてくれたように香奈の頭をポンポンと優しく撫で、寝室を出ていってしまった。

(どうして何事もなかったように振る舞って、海里さんに抱かれなかったの？　イヤリングなんてなかったことにしちゃえばよかったのに)

香奈があそこで躊躇《ちゅうちょ》しなければ、海里は抱いてくれたかもしれない。考える隙を与えてしまったから、海里は自分の気持ちを誤魔化せなくなったのだ。

柚葉を好きなことくらい最初からわかっていたのだから、イヤリングになんか目を瞑ればよかった。

後悔が怒涛《どとう》の如《ごと》く押し寄せる。

ふたりの未来が見えなくなり、香奈はその晩ほとんど眠れなかった。

翌朝、香奈がリビングへ行くと、テーブルの上に海里からのメモが残されていた。

【急な仕事でアメリカへ行ってくる。ちゃんと食べて寝るように。サンドイッチを作ったから、よかったら食べて】

海里はすでに出かけていた。それも遠い場所に。

(もしかしたら海里さんも気まずくてアメリカに行ったのかな……)

そう勘繰るのも無理はないだろう。

どんな顔で会えばいいかわからなかったためホッとした半面、しばらく会えない寂しさにも包まれた。

ダイニングテーブルを見ると、メモ通りにサンドイッチが置かれている。

初夜を敢行できなかった罪滅ぼしか。

（ううん、違う。だって悪いのは私だもの。それに海里さんの気持ちを知った上で結婚を決めたんだから。あのくらい……）

イヤリングなんてなんでもないと思いたいのに、割りきれない自分の心が恨めしい。

パウダールームで顔をバシャバシャ洗い、タオルで拭う。鏡に映ったのは、目の下にクマを作ったひどい顔の自分だった。

海里がアメリカ出張へ行って三日が経過した。

彼とは当たり障りのない【おはよう】と【おやすみ】のメッセージのやり取りをしていたが、今朝は【帰ったら話したいことがある】というものが届いている。

読んだ瞬間、体じゅうに緊張が走り、スマートフォンを持つ手が震えた。

きっとふたりの今後についての話に違いない。

そう考えるとさらに気持ちは落ち着かず、その夜は深優を誘ってイタリアンレストランにやってきた。広いマンションの部屋にひとりぼっちでいると、余計にいろいろと考えてしまうから。

「結婚早々、妹と夕食なんて食べてていいの？」

向かいに座った深優がからかい気味に笑う。

「海里さんは今、アメリカだから」

「あぁ、なるほど。私はおねえちゃんのお守ってわけだ」

「お守なんてひどいな。たまには深優の顔を見たいなって誘ったのに」

「ふふ。ごめんごめん。さてと、なににしようかな」

深優はメニューを広げ、悩みはじめた。

ドリアがいいかパスタがいいか、あれこれ悩んで忙しなく目が動く。

「そんなに迷うなら、いろいろ頼んでシェアしない？」

「それいいね。そうする」

香奈の提案に深優は頷いた。

魚介のスープパスタにピザ風フォカッチャ、たことトマトのバジルバター炒めなどあれこれ頼み、先に運ばれてきたスパークリングワインで乾杯する。

「素敵な結婚指輪ね」

「あ、うん」

香奈の左手に深優が目を留めた。

「もしかしてＬｅ・Ｍｏｎａの？」

「海里さんのお父様がデザインしてくださって」

「ええ～っ、いいなぁ。あのＬｅ・Ｍｏｎａのデザイナー直々に？　それじゃ世界でひとつだけの指輪でしょう？」

深優は興奮気味に「見せて」と香奈の手を掴んだ。

一緒に買ってもらった婚約指輪はケースにしまい、今は結婚指輪だけ着けている。

「わぁ、キラッキラ。素敵」

うっとりしながら言って、深優が続ける。

「そういえば結婚式は？　準備とかはじまってるの？」

「あ……それはまだ」

そういえば、そういう話もしていないと気づいた。

婚姻届を出して引っ越しをするのに精いっぱい。結婚した事実だけに目が行っていたような気がする。

「……海里さんとなにかあった？」

「え？」

「初恋の人と結婚できてウキウキなはずでしょう？　でもそうは見えないから」

深優が鋭いのか、それとも香奈が隠しきれていないのか。たぶんどちらもだ。

「おねえちゃん、大丈夫？　私でよければ聞くよ？」

優しい目と声で問いかけられ、ずっとひとりで抱え込んできたものを打ち明けたい気持ちが膨らんでくる。

これまで誰にも言えずにいたが、深優になら素直に話せる気がした。高校時代に相談に乗ってくれたのも彼女であり、誰より海里と香奈について知っているのも彼女だ。

「あのね……」

香奈は、柚葉も含めて海里との間にあった出来事をひとつずつ話しはじめた。

柚葉が図書館に現れ、ふたりは家の事情で結婚できずに別れたのだと聞かされたこと。彼女のイヤリングが寝室に落ちていたこと。それに動揺して初夜を台無しにしたことまで赤裸々に。

話しているうちに続々と料理が届きはじめたが、深優は真剣な表情でずっと聞き入っていた。

「柚葉さんから聞いた話は、海里さんにしてみた？」

「ううん。柚葉さんに絶対言わないでってお願いされたし、私も聞く勇気がなくて」

それをたしかめて、結婚がなくなるのが怖かった。

「イヤリングも？」

「今思えば、ちゃんと話せばよかったとも思うけど、そのときはなにも聞けなかった」

「私は海里さんとは一度しか会ってないし、どういう人なのかよく知らないけど、おねえちゃんとの結婚を決めたあとにべつの女性を部屋に招き入れるような人には見えないな。もちろん人は見た目だけじゃ計り知れないけどね」

香奈も海里がそんなことをする人とは思っていない。たとえ心の中にまだ柚葉がいるとしても。頭ではそうわかっていても、イヤリングがその信頼を邪魔するのだ。

それじゃ、あのイヤリングはどういう事情であそこに落ちていたのか。彼女があの部屋に入らない限り、そしてイヤリングが落ちるような行為をしない限り、あの状況にはならないから。

「一度ちゃんと聞いてみたほうがいいと思う。もしかしたら違う事実が隠れているかもしれないよ？」

「違う事実？」

「うん。だってね、お父さんたちに結婚しますって挨拶に来たときの海里さん、おねえちゃんのことをとっても大切に想っているように見えたもの。柚葉さんって人と駆け落ちまで考えていたようには思えないくらいに」

「そうかな……」

元気づけるために言っただけに過ぎないかもしれないが、そんな一面は香奈も感じるときが多々あった。もしかしたら好意を寄せてくれているのではないかと。

でもそのたびに柚葉の言葉が蘇り、打ち消しての繰り返し。柚葉の打ち明け話は、そのくらい強大な力があったのだ。

「一度ちゃんと海里さんと話してみて。おねえちゃんの気持ちもぶつけないと、このままダメになっちゃうよ」

「私の気持ちも……」

「そう。海里さんを好きだって言ってないんでしょう？　なんのために言葉があるの？　きちんと伝えなきゃ」

言葉は伝えるためにある。心に秘めているばかりじゃ、伝わるものも伝わらない。

「夢をひたむきに追いかけて叶えたおねえちゃんならできるでしょう？　恋愛も同じだと思うよ」

「……そうだね」

臆病になっていたらはじまらない。自分の想いをしっかりぶつけようと心に誓う。

「深優はしっかりしてるね」

姉と妹の立場が逆転しているように感じるのは気のせいだろうか。

「そんなことないよ。たぶん当事者じゃないから冷静に分析できるだけ。私もおねえちゃんの立場だったら、同じように悩んでいたと思う」

深優は眉を上げ下げしておどけた表情で笑いながら、スパークリングワインに口をつけた。

「深優は？　付き合ってる人はいないの？」

これまでそういう存在の話は聞いていない。香奈に話していないだけなのか、本当にいないのか。

「いないよ。おねえちゃんが結婚したから、次は私だってお父さんが張り切ってる」

「まだ二十六歳なのにね」

ふたり揃って苦笑いを浮かべる。

「そうなの。おねえちゃんがもっと粘ってくれればよかったのに」

「意外と呆気《あっけ》なかったものね。ごめん」

恨み節の入った深優に手を合わせて謝る。

「ということで、ここはおねえちゃんの奢りで！」

「もうっ、ゲンキンなんだから」

もちろん最初からそのつもりで誘ったのだけれど。

ピザ風フォカッチャを皿に取り分け、深優に渡した。

「いただきます」

フォークを手に取り、同時に口に運ぶ。

迷いは吹っ切れたから、あとは実行に移すだけ。

たとえ海里の話が別れに繋がるものだとしても、今まで募らせてきた彼への想いだけは伝えたい。

その夜、香奈は【私も海里さんに話したいことがあります】とメッセージを送った。

＊＊＊

アミュゼのＣＥＯ室で香奈からのメッセージを受信した海里は、思わず頭を抱えたくなった。

午前九時半。大きな窓から見えるマンハッタンの街並みは太陽の光を浴び、海里の心とは真逆に爽快で美しい。

ようやく結婚して海里のものになったはずなのに、実質的にはまだ手に入れられていない結果が海里を苦しめている。まったくもって不甲斐ない。

運命の初夜、海里を待っていたのは香奈の拒絶だった。

海里の妻になったものの、土壇場で受け入れられなくなったのだろう。——その心に住む男を想って。

香奈はもしかしたら離婚話をするつもりなのではないか。

メッセージからは読み取れないが、それ以外にないような気がしていた。

左手に輝く結婚指輪が、やけに悲しく海里の目に映る。

『奥さんからラブメッセージ?』

ソファに向かい合い座っていたミナトがからかいの眼差しを向けてくる。思わず鋭い視線で睨み返すと、

『怖いなぁ。そんな目をしないでくれよ。喧嘩でもしたのか?』

相談なら乗るよと気安く笑う。

『ミナトに話すようなことはなにもない』

『冷たいなぁ。こっちはなんとか収拾がついたし、早く帰ってあげたら? 俺はちょっと寂しいけどね』

『言われなくても、今日にはこっちを発つつもりだ』

海里が急遽ここへ来たのは、EC業界第三位のシェアを持つ企業から敵対的買収を仕掛けられたためだった。

アミュゼの株式の保有比率を増やして買収を図ろうとしたため、あらかじめ定めておいた条項により新株を発行し、相手企業の保有比率を下げることに成功。買収を阻止した。

センセーショナルなニュースはこちらでトップに扱われ、一時はこのビルにも報道陣が詰めかけた。

『ともかくミナトも疲れただろう。帰って休むといい』

ここ連日、ろくに睡眠もとらず対応に追われていた。

『海里も同じじゃないか。今日帰国にしないで、今夜はゆっくり休んで明日帰ればいいのに。……って早くかわいい新妻に会いたいか』

海里に再度睨まれ、ミナトは「スミマセン」とわざとらしく片言の日本語を使って退室した。

バレンタインデーの真相

深優から勇気をもらった翌日、香奈は凪子から衝撃的な話を聞かされた。

「香奈ちゃん、この図書館、なくなるかもしれない」

「どういうことですか⁉」

図書館がなくなるなど考えたこともない。

「運営会社が、事業撤退を考えているらしいの」

「撤退？」

凪子の言葉を繰り返す。

言の葉ライブラリーは一般企業が運営している私立図書館である。併設しているカフェの収益はあるにせよ、利用者から利用料金などは徴収せず、運営費はすべてその企業が賄《まかな》っている。創業者である会長の〝あらゆる文化遺産をすべての人に平等に〟という理念のもと、運営されているのだ。

「言の葉ライブラリーをはじめた会長さんが亡くなったらしくて」

凪子によれば、二代目である社長は荷物でしかない図書館の閉館を考えているという。都や区に公立として業務移管を提案しているそうだが、話はなかなか進まないのだとか。

「ここがなくなるなんて嫌です」

凪子に意見しても仕方ないが、つい力を込めた。

「私もよ、香奈ちゃん。でも誰にもどうすることもできなくてね」

(幼稚園に通っていた頃から親しんできた図書館が閉館するなんて……)

香奈は信じられない思いでいっぱいだ。

「ともかく今は静観するしかないみたい。私たちも今後の身の振り方を考えなきゃいけないのかもしれないわ」

凪子は香奈の肩をトンと叩き、寂しげな顔をしてカウンター業務に戻った。

ここには幼い頃から何度も通ってきた。海里と一緒に勉強した、思い出の場所でもある。

その大切な場所が窮地《きゅうち》に立たされていると知ったのに、香奈にはなにもできないのがつらかった。

仕事を終えて図書館の裏口から出る。想像以上の暑さで全身の毛穴が一気に開いた。

午後六時だが、外はまだ真昼のように明るい。例年より早く梅雨が明けたと、今朝のニュースで言っていた。

涼しい図書館の中にいると暑さを忘れてしまうが、ねっとりとした空気が体じゅうにまとわりつき、夏の威力を思い知る。

日傘を差し、駅に向かうためにエントランスへ回ると、そこに真司がいた。

「よっ」

軽く右手を上げて挨拶をよこす。

「どうしたの?」

「いや、どうしてるかなと思って」

駆け寄った香奈に笑いかけ、

「ちょっとお茶してかない?」

真司は図書館の向かいにあるカフェを親指で差した。

「でも……」

友人とはいえ、海里の留守中に真司とふたりきりになるのはどうだろう。もしも海里が同じことをしたら、香奈はあまりいい気分ではない。

それに今それをすると、イヤリングの腹いせ同然だ。

「じゃあ、公園のベンチならいいだろう？」

香奈の考えを察したのか、真司がすぐそばのベンチを指差す。ここからもよく見えるそれは東屋《あずまや》の下にある。

「うん」

外だし、四方八方から人の視線もあり、あそこならいいように思えた。

「じゃあ、自販機で冷たいもの買ってくるから、先に行って待ってて」

真司は図書館脇に並んだ自販機に向かい、香奈はベンチに向かった。

日傘を畳み、ベンチに腰を下ろす。まだ明るいが、夕方になりジョギングする人やベビーカーを押す人の姿がちらほらあった。

「お待たせ。お茶でいいか？」

「うん、ありがと」

真司が差し出したペットボトルを受け取った。

「なんかちょっと元気ない？　もしかして海里先輩とうまくいってないとか？」

「あ、ううん、そうじゃないよ。ちょっと仕事でね」

顔を覗き込んできた真司に手をひらひらと振る。

「失敗したとか？」

「失敗はしてないから大丈夫」

「そうか。……で、海里先輩、今は？」

話が海里に舞い戻る。

「アメリカに出張中」

「へえ。相変わらず忙しそうだな。まだ一緒に暮らしてないんだっけ？」

結婚は真司にメッセージで報告していたが、引っ越しはまだ伝えていなかった。

「海里さんが出張する前に引っ越しは終わったよ」

「そっか」

ペットボトルのキャップを開けた真司に倣い、香奈も開けて口をつける。汗を掻いたペットボトルから雫が落ち、スカートに染みを作った。

「先輩とはうまくやってるのか？」

「うーん……、まだちゃんと生活ははじまってないからなんとも」

引っ越ししてから、まだ一夜しか一緒に過ごしていない。それもべつべつの部屋で寝たうえ、翌朝には顔も合わせないまま彼はアメリカへ行ってしまった。

「いつまでアメリカ？」

「どうだろう。ちょっとわからなくて。真司先輩はあれからも海里さんとは連絡を取り合ってないの？」

「先輩が大学を卒業後にアメリカに渡ってからも、帰国したって香奈から聞いたあとも一度も」

「そうなんだ」

（バレンタインデーのチョコを橋渡ししてくれるくらいだから、当時は結構仲がよかったと思うけど……。やっぱり離れちゃうと友達もそんなものなのかな）

「あのさ、香奈」

真司がぽつりと呟く。どことなく深刻な声色だ。

「うん、どうしたの？」

俯き加減の真司の顔を覗き込んだ。両膝の上に肘を置いて手を組み、地面に目線を落とす様子は悩ましそうに見える。

「先輩から、俺のことでなにか聞いた？」

「真司先輩のこと？　ううん、特になにも」

「じつはさ……」

なにかを打ち明けようとしているのか、真司はそこで再び言葉を止めた。

「どうかした？　海里さんがどうかしたの？」

さらに顔を覗き込むと、真司は合った視線を気まずそうに逸らす。

「ねえ、先輩？」

「……あぁ、いや、その……幸せになれそうか？」

「え？　言いたかったのはそれ？」

クスッと笑って聞き返した。

あまりにも言葉をためるから、もっと重い話かと思ったが。

「あ、うん、まぁ」

それでもまだ歯切れが悪い。

（だけど、海里さんが柚葉さんと付き合っていたのは真司先輩も知っているから、きっと心配してくれてるのよね）

「大丈夫。幸せになるから」

香奈は海里が帰国したら、逃げないできちんと話し合おうと考えていた。

イヤリングを見なかったことにしたまま結婚生活は送れない。海里の考えや本当の気持ちを知りたかった。

「だよな……」

真司は深く息を吐き出し、息を吸いながら顔をぐっと上げる。香奈に目線を投げかけた。

「あのさ、俺」

真司が話しはじめたそのとき、ふたりの前に大きな人影が立ち塞がる。

「真司、そこでやめておけ」

「か、海里先輩……！」

真司と揃って見上げ、唖然とする。幻でも見たのかと思った。

「海里さん、どうしてここに」

今日帰国するという連絡はもらっていない。

なにより、真司を見下ろす視線の鋭さに戸惑う。公園のベンチとはいえ、夫とはべつの男性とふたりでいる軽率さを怒っているのだとしたら、怒りを向けられるのは香奈のはずだ。

「香奈はもう俺の妻だ」

海里の宣言に鼓動が跳ねる。

（でもどうして今、そんなことを真司先輩に言うの？）

意図が掴めず、海里を見上げる。

「あのときとは違う。香奈は誰にも譲るつもりはない」

独占欲むき出しの言葉に当惑しながら、ある部分に引っかかった。

(あのときとは違う？　それはどういう意味？)

わけがわからずにいる香奈の隣で、真司はそわそわと慌てだした。

「先輩、そんなつもりじゃ」

「それじゃ、どういうつもりで香奈とふたりで？　昔の男が、いったいどんな用事で俺の妻に会うのか説明してくれ」

「……昔の男って？」

口を挟まずにはいられず、香奈は聞き返した。

海里の言い方だと、真司が香奈の元彼のように聞こえる。

「あ、あのっ、先輩、違うんです」

尋常でない慌てぶりの真司と、目を瞬かせる香奈を交互に見て、海里は目を眇《すが》めた。

「今、その話を香奈にしようと思っていて」

「その話ってなに？」

小首を傾げて真司を見る。香奈の頭の中は大混乱。なにがどうなっているのかわからない。

「先輩、すみません！」

真司はいちなり立ち上がり、腰を深く折った。心なしか膝が震えている。

「あれは嘘なんです」

頭を下げたまま呟いた声は、聞き取るのもやっとなほど小さい。

「……嘘？」

海里の眉間に深い皺が寄る。不快感丸出しの表情だ。

香奈は話が全然見えず、海里と真司を交互に見た。

「香奈と付き合うことになったっていうのは嘘だったんです」

「私と付き合うってなんのこと？」

「香奈、ごめん。海里先輩にチョコレートは渡してない」

「……え？」

頭の中が真っ白になる。真司の言葉をまったく理解できない。

（海里さんにチョコレートは渡してない……？　それじゃ、海里さんが受け取らなかったっていうのは？）

信じられない思いで真司を見た。

それは海里も同じようで、怒りとも悲しみともつかない複雑な表情をしていた。

「真司、お前にはすべてを話す義務がある」

冷ややかな声を浴び、真司は脱力したようにベンチにストンと座った。

ゆっくり息を吸い、静かに吐き出してから口を開く。

「香奈のことが好きだったんです。だからバレンタインデーにチョコレートの橋渡し役を買って出ながら、先輩に渡さなかった。香奈には、先輩は柚葉さんと付き合うから受け取れないと言われたと伝えて、先輩には俺が香奈と付き合うって嘘をついて牽制したんです」

「えっ……」

それは衝撃的な告白だった。

真司に託したチョコレートを海里は見てもいない。当時、香奈の気持ちは海里にまったく伝わっていなかったのだ。それだけでなく海里と柚葉が恋人同士というのも嘘だった。

（そんな……）

香奈は全身から力が抜けていくのを感じていた。想像もしない事実だった。

「つまり真司は、俺にも香奈にも嘘をついたということか」

「……すみません。俺、中学まで自分に自信が全然なくて、興味を持てるものもなんにもなくて、いつも無気力でした。でも高校に入って海里先輩に会って、初めて自分もこんな風になりたいって思ったんです。かっこよくて頭も良くて、運動神経も抜群で……。憧れでした。海里先輩みたいにならなくちゃって、勉強もスポーツもがんばりました。でも、どんなに努力しても、結局先輩には追いつかなくて……。それどころか、やればやるほど自分のダメな部分が浮き彫りになって。このままなにも勝てず、俺はずっとダメなままなのかって考えたら、せめて香奈だけは自分のものにしてやりたいって思ったんです」

真司は今にも消え入りそうな声で切々と語り、肩をがっくり落とす。九年近くの時を経て打ち明けることができた安堵と、ふたりから糾弾される恐怖が入り混じっているように見えた。

右手で顔を撫で、髪をかき上げた海里が深く息を吐き出す。複雑な表情だ。真司の言葉をじっくり噛みしめているようにも見えた。

もう一度息を吐き、海里が真司を見据える。

「俺はともかく、香奈を傷つけたのは許せない」

「本当にすみません」

真司はさらに肩を丸めた。

「悪いが、今は謝罪を受け入れられない」

「わかってます。悪いのは全部俺ですから」

海里はきっぱり拒絶するが、真司はそれも受容する。すべてを明るみにし、怒りを受け止めるつもりなのだろう。

「やめてくれ。そうして殊勝な態度を見せられたら闇雲に怒れないだろ」

「怒っていいんです。長い間騙していたんですから。香奈ももっと怒ってくれ。なんでちゃんと渡してくれなかったんだって。どうして柚葉さんと付き合うって嘘をついたのかって」

「……もう十分怒ってるよ。だけど今さら過去は塗り替えられないもの」

真司に懇願され、淡々と返す。

今ここで感情に任せて怒りをぶつけたところで、なにも変わらない。香奈が立っているのは過去ではなく、今なのだから。

「それに、俺たちに責められることで自分の罪を軽くしようとするのは身勝手だ」

「……ですよね」

真司にも自覚があるのだろう。断罪されることで罰を受け、罪を軽くしたいと無意識に考えたに違いない。

「今後いっさい香奈に手出しは許さない。彼女は俺のものだ。わかったな」

鋭利な刃物のように尖った声だった。冷ややかな眼差しには軽蔑も交じって見える。

海里は香奈を立ち上がらせ、「行こう」と手を取った。

強い想いがこもった海里の言葉を聞き、鼓動が乱れる。

「真司先輩、私、幸せになるから」

イヤリングの件は未解決だが、しっかり話し合って自分の気持ちをちゃんと海里に伝えたい。

真司は力なく笑い、小さく頷いた。

バレンタインデーの真実が明らかにされ、海里の気持ちの断片を垣間見た香奈は、気もそぞろに彼の車の助手席に乗り込んだ。

「今さらですけど、おかえりなさい」

「ただいま」

つい先ほど真司に向けた冷たい視線は一変し、笑顔と一緒に返される。

「今日帰ってくるなら教えてほしかったです。空港から図書館に直行ですか？」

後部座席にはキャリーバッグが積まれていた。

「ああ。香奈の顔を早く見たかったから」

ストレートに言われ、返す言葉に困る。

「その反面、帰ったら話したいことがあるってメッセージにはビビってた。まぁ、昔の香奈の気持ちを知って、多少なりとも自信は回復したけどね。ずっと嘘をついていた真司は腹立たしいが、その点では感謝だ」

〝香奈の気持ち〟

それはつまり海里への恋心だ。

「私も同じです」

海里からのメールが離婚に繋がるものなのではないかと怯えていたが、そうではないと思いはじめていた。

「家でゆっくり話そう」

真司の口からではなく、自分から洗いざらい伝えたい。

海里の言葉に頷いた。

ふたりのマンションに帰り、リビングのソファに並んで腰を下ろす。

「どこから話したらいいのか」

海里は腿の上で手を組み、しばらく宙に彷徨《さまよ》わせた視線を香奈で止めた。

「今年の春、再会したパーティーで香奈が結婚相手を探していると知って、お見合いを申し入れた」

「……それは誰かを忘れるためですか？」

柚葉と約束した手前、名前は明言できないが、その件も海里から聞きたかった。今まで逃げてきた話題に、今日こそ向き合いたい。

「忘れるって誰を？」

海里は不可解そうな顔をした。

惚《とぼ》けているのではなく、本気で意味がわからない様子だ。

これまでうやむやにして胸の奥にしまってきたが、もう留めておくのはやめよう。すべて明らかにして、海里との関係を築いていきたい。

「学生のときは違うとしても、柚葉さんとは最近まで恋人同士だったんですよね？お互いの両親から反対されて、駆け落ちまで考えたって」

これをたしかめなければはじまらない。

（柚葉さんにはあとできちんと謝罪しよう）

約束を破りたくなかったが、今は自分たちの未来のほうが大事だ。

「……誰がそんなことを？」

真司のときのように海里の表情が険しくなる。

「柚葉さんから聞きました」

海里は顔を片手で押さえ、首を横に振りながら深いため息を漏らした。

「そんな事実はない。柚葉はただの幼馴染だ。俺がお見合いを申し入れたのは、香奈を素早く確実に手に入れるため。地位と名誉を盾に外堀から埋めて、とにかく早く捕まえたかった。誰かを忘れるためなんかじゃない」

だとすれば、柚葉まで香奈に嘘をついたのか。香奈の前で涙ぐんだのは演技だったのか。

「今の感じだと、香奈に忘れられない男がいるっていうのも柚葉の嘘だったんだろうな」

「……私に忘れられない男の人が？」

それを言うなら海里がその〝忘れられない男〟にあたるが、きっとべつの人物を指しているのだろう。

「柚葉は、それが真司だろうって」

「えっ、高校のときから友達以上に思ったことは一度も……。バレンタインの一件のあと告白されたけど断りましたし」

柚葉が海里にそんな嘘を吹き込んでいたとは信じられない。

香奈には海里とは元恋人のように振る舞い、海里には香奈の心はべつにあると思わせていたというのか。

香奈も海里も、真司と柚葉にすっかり騙され、振り回されていた。

「それじゃ、想い続けている人がいるというのは？　お見合いのときに俺が聞いたら、いると言っていただろう？」

「それは海里さんのことです」

「……そうだったのか」

海里は、目を見開いてから息を深く吐き出した。まさか自分だとは思わなかっただろう。

思わせぶりにするつもりはなかったが、あのときは海里の質問に、相手を伏せたまま『はい』と答える以外になかった。後にも先にも、香奈の想い人は海里だけだ。

（でも、ちょっと待って。それじゃ、あのイヤリングはなんだったの？）

海里と柚葉が元恋人同士でないのなら、寝室に落ちていたのはなぜか。

香奈は、テレビ台の引き出しの奥にしまい込んでいたイヤリングを取り出した。

「海里さん、これ、たぶん柚葉さんのものだと思うんです」

「どうしてそれを香奈が？」

手のひらのイヤリングと香奈の顔を海里が見比べる。

「ここに越してきた夜、寝室のベッドの下に落ちていて……」

見つけたときのショックを思い出し、言葉にできない気持ちが込み上げる。

「なんで寝室にそんなものが」

海里は目を見開いた。

「たしかに俺がここに引っ越したばかりの頃、柚葉は俺の母親と一度だけここを見学に訪れてる。だが、それはもう何カ月も前の話だ。香奈が引っ越してくる前日には家事代行サービスが入って掃除も済ませた」

そこまで言って、海里は目を細める。

「……まさか、あのとき」

「心あたりが?」

「前日、結婚祝いにワインを持ってきた柚葉にトイレを貸したんだ。ちょうどそのとき香奈から電話があって、俺の気が逸れた隙に寝室に入ったんだろう」

柚葉は、香奈を揺さぶるためにイヤリングを仕掛けたに違いない。海里を好きだから、ふたりの仲をどうにかして裂きたかったのだ。

「香奈、嫌な思いをさせて悪かった」

「どうして海里さんが謝るんですか」

「こんなものが落ちてたら、そりゃ初夜どころじゃないよな。真司のことをどうしても忘れられなくて拒んだのかと思うなんて、見当違いもいいところだ」

「私こそ、ごめんなさい。結婚したのに柚葉さんと会っていたんだって、海里さんを疑いました」

あの夜、素直に話せば、すんなり解決していただろう。しかし、香奈も海里も相手を失うのが怖くて、今一歩を踏み出せなかった。

海里はゆっくりと体を向け、香奈の手を取る。

「疑って当然だ。だが香奈、これからはもうなにがどうあっても俺を信じてくれ。俺は香奈以外の誰にも心を揺らさない。香奈しか欲しくないんだ」

「海里さん……」

「香奈が好きだ」

直球の告白が胸を衝く。頬に触れる手が、見つめる眼差しが熱い。

「私も海里さんが好きです。もうずっと前から」

高校生のときに〝振られた〟あとも、忘れたふりをしていただけ。心の奥にはずっと海里の存在があった。

だから誰も好きになれず、恋もできなかった。

あのとき勇気を出して海里に直接会いに行っていたら。図書館で会っているときに連絡先を聞いていたら。もっと早く気持ちを伝えていたら。

そんなたらればを全然考えないといったら嘘になる。

でも、こうしてまた会えた。好きだと伝えられた。

だから十分だと感じるほど、海里と想いが重なった喜びに震える。

「香奈」

名前を呼ばれると同時に唇を奪われた。

「んんっ……」

すぐさま唇を割り、舌が絡められる。容赦のないキスをされて初めて、これまでのキスに遠慮があったのだと思い知った。

気持ちが通じ合ったキスが、こんなにも胸を熱くすることも。

不意に海里は香奈を抱き上げた。

「ひゃっ」

咄嗟に彼の首に腕を巻きつけると、海里は耳元で囁いた。

「もう限界。香奈の全部が欲しい」

「……もらってください」

横抱きにしたまま、香奈を寝室へさらう。

初夜が流れ、結婚してからまだ一度もふたりで過ごしていない部屋で、今夜やっと想いが重なる予感が、香奈の心臓を激しく暴れさせる。

今日、ようやく本当の意味で香奈たちは夫婦になるのだ。

香奈をそっとベッドに横たえた海里は、両手を顔の脇で拘束し、ため息が漏れるほど情熱的な目をして見下ろした。

「もう誰も俺たちを引き裂けない。この先なにがあろうと、俺以外の言葉は信じるな」

囁く声は優しいのに、そこに強い愛情を感じて胸が疼く。

「海里さんだけを信じます。だから、海里さんも私だけを信じて」

海里が微笑む。あたり前だと言っているように感じた。

「香奈、遠慮はしない。全部俺のモノにするから」

そう囁いたが最後、海里がキスの雨を降らせる。

言葉の通り、額も鼻先も頬も、彼の唇が甘く触れていく。最後にたどり着いた唇は、海里のキスを待ち焦がれて震えていた。

一枚ずつ着ているものを脱がせていく器用さも、香奈を不安がらせないようにあやす唇も、全部が全部、愛しさで溢れている。

海里の眼差しが、素肌を滑る指先が、香奈を好きだと言っているのが伝わってきた。

（海里さんが好き……大好き……）

漏れる吐息に想いを乗せる。

初めての経験なのに乱されるのは、海里の優しいリードのおかげ。愛する人と心も体も繋がること、それが途方もない幸せだと初めて知った。

それならいっそと、刹那的な想いが頭をかすめる。

「……このまま世界が――」

終わってもいいと声にならない言葉を海里が敏感に察知する。

「終わらせてたまるか。……っ俺たちはまだ、はじまったばかりだ」

息を弾ませて抗った。

「そう……です、ね……」

「香奈とこの先の未来を」

「一緒に――」

どこまでも歩いていきたい。

海里の逞しい腕に抱かれながら、そう強く願った。

心も体も満ち足りた朝を迎えて三日が経過した。

香奈の手元には、まだあのイヤリングが残されたまま。海里は自分から柚葉に話をすると言ってくれたが、香奈は首を横に振った。

あれは柚葉から香奈に向けられたメッセージ。自分でしっかり返したい。

海里に教えてもらった番号に電話をかけると、柚葉は会うのをすんなり承諾した。

もしかしたら、香奈からの連絡を待っていたのかもしれない。

仕事が休みの午後、香奈はいよいよ彼女の自宅へやってきた。

車で待機する海里に「行ってきます」と告げ、降り立つ。大きな洋館を前に大きく深呼吸。その手にはイヤリングが握りしめられていた。

インターフォンを押すと、応答もなしにドアが開く。柚葉本人が顔を出した。

まるで待ち構えていたかのよう。その表情がどことなくうれしそうなのは、香奈が海里との別れを決意した報告でも期待しているからだろうか。

「柚葉さん、突然すみません」

「いいのよ。今誰もいないから中へどうぞ」

柚葉が家の中へ誘うが、香奈は遠慮した。

「いえ、すぐに終わりますからここで大丈夫です」

「そう。わかったわ」

ドアを大きく開け放ち、柚葉が変わらない美しい笑みを浮かべる。なんの穢れも知らないような表情をする人が、あんな大それた嘘をついていたことが未だに信じられない。海里と香奈のふたりを同時に騙していたなんて。

「それで、今日はどうしたの？」

ゆったりと小首を傾げた彼女の前で、香奈はそっと手を広げた。例のイヤリングが日差しを浴びて輝く。

「これ、柚葉さんのものじゃないでしょうか」

瞬間、柚葉は口元を押さえ、眉尻を下げた。沈鬱な面持ちをしながら、目の奥がかすかに光る。

「私たちのマンションに落ちていたんです」

そのときの光景が頭を過ったが、今はそれくらいで傷ついたりしない。海里と心を通わせた自信が、香奈を強くしていた。

「ごめんなさい、香奈ちゃん。私たち、やっぱり離れられないの。香奈ちゃんという人がいながら、気持ちはどうしても止められなくて」

柚葉は唇を噛みしめ、声を震わせた。

たぶん彼女は、こういう展開になることを想定していたのだろう。イヤリングを見つけた香奈はそれを持って柚葉の前に現れ、離婚をほのめかすと。柚葉の描いたシナリオ通りに動いてくれると期待して。

「でも、海里さんは身に覚えがないと言っています」

「……海里くんに見せたの？」

「はい」

自信を奪われた香奈なら、海里には話さないと高を括っていたのかもしれない。

すぐには言い出せず、しばらく悩まされていたのは事実だ。その点に関して言えば、柚葉の目論み通りである。

柚葉はしばらく思案するように瞳を揺らしてから口を開いた。

「それは香奈ちゃんを傷つけないためなんじゃないかと思うわ」

あくまでも自分のストーリーを貫くつもりのようだ。

「それじゃ、海里さんは私に嘘を？」

深く頷く柚葉の視線に迷いは見えない。

「前にも話したけど、私と海里くんは駆け落ちも考えた仲なの。だからやっぱり香奈ちゃんの入り込む余地はないわ」

海里と香奈が腹を割って話せば、柚葉の嘘が明るみになるのは予想できそうなものだが、彼女はまだそうして絵空事を口にする。海里への盲目的《もうもく》な想いが、その目も心も曇らせるのか。

でも香奈はもう、そんな作り話に怯まない。

「反対している両親を説得して、必ず海里くんを幸せにするわ。だからお願い、彼と別れて」

柚葉が別れを強要する。胸の前で両手を握りしめて懇願されるが、香奈も負けてはいられない。

「私は海里さんと別れません」

きっぱりと言い返す。

「どうしてそんなことを言うの？　もう私たち、離れ離れでいるのに耐えられないの。香奈ちゃんだって本当はわかっているでしょう？　だからお願い」

柚葉がそう訴えかけたそのとき――。

「誰と誰が、駆け落ちを考えた仲だって？」

背後から低く冷ややかな声をかけられ、反射的に振り返る。

「海里さん」

「か、海里くん……！」

香奈と柚葉の声が被った。

「誰と誰が、離れ離れに耐えられないって？」

香奈の隣に立った海里から、強烈な怒りが発せられるのを感じる。不機嫌なのを隠そうともしない、遠慮のない態度だった。

「そ、それは」

柚葉はあからさまに動揺を見せる。まさか海里本人がここへ現れるとは予想もしていなかったみたいだ。目はあちこちに泳ぎ、手を落ち着きなく何度も組み替える。

「柚葉とそういう間柄になったことは一度もないというのは、俺の記憶違いか？　幼馴染以上の感情は抱いていないが、俺たちはいつの間にかそんな関係になっていたのか？」

断定せず冷静な口調で問いかけるのが、かえって恐怖心を煽る。

「ち、違うの。あのね、海里くん」

つい先ほどまでの落ち着き払った口調はどこへいったのか。狼狽ぶりからも彼女の嘘は明らかだった。

柚葉は恐る恐る海里を見上げて唇をわななかせる。

「香奈には俺と柚葉が恋人同士で駆け落ち寸前だったという作り話を聞かせ、俺には香奈に忘れられない男がいる、それも真司だろうと吹き込むなんて許されることじゃない」

「だ、だって……」

柚葉は頼りなく目線を下に向かって彷徨わせ、今にも消え入りそうな声で言ってから、ぐっと顔を上げた。

「海里くんが全然私を見てくれないから！　子どもの頃からずっと好きだったのに……！　アメリカに渡ったときには、これで香奈ちゃんとは終わりだと私がどれだけホッとしたかわからないでしょう！」

柚葉はこれまで見せたことのないほど憎しみのこもった目で香奈を睨みつけた。美しい顔だからこその迫力につい怯みそうになったが、心を強く持ってこらえる。

「それなのに今度は香奈ちゃんと結婚するなんて言うんだもの……。私がどれだけショックだったか！」

柚葉は頭を抱え込み、小さな子どものように左右に振った。

「俺は柚葉を幼馴染としてしか見たことはない。勝手にひとりで盛り上がり、好意を押しつけるなんて身勝手もいいところだ」

いつものおしとやかさなど見る影もない、取り乱し、変わり果てた姿に動じることなく、海里は冷ややかな目をして柚葉を見下ろす。そこにはもはや幼馴染への配慮もないように思えた。

「そんな……」

柚葉が充血した目を見開く。

「言い訳などどうでもいい。聞きたいのは謝罪だ。初夜に自分のものではないイヤリングが落ちていたことに香奈がどれだけ傷ついたか、同じ女性なら簡単に想像できるはずだ」

柚葉は肩を震わせ、みるみるうちに目に涙がたまっていく。

「海里さん、もうその辺で……」

香奈は思わず海里の腕を掴んだ。たぶん柚葉も、どうにもならないのが身に染みたはずだ。

海里が香奈の手に自分のそれを重ねる。わかったと言っている気がした。

「謝罪の言葉が聞けなくて残念だ。幼馴染の関係は解消する以外にない。今後いっさい俺たちの前に姿を現さないでくれ」

そのひと言を聞いた柚葉はその場に膝から崩れ落ちた。両手で顔を覆い、吠えるような声を上げて泣きはじめる。

「行こう、香奈」

海里に促されて柚葉に背を向ける。柚葉の泣く声は、ドアが閉まると同時に聞こえなくなった。

思い出を守るため

波乱の夏が過ぎ、季節は秋。柚葉との決別から三カ月が経った。

図書館の窓から見える公園の木々も色づきはじめ、透き通った空は高い。

海里は相変わらず忙しくしているが、どうしても現地で対応しなければならない仕事でない限りリモートで対応。香奈をなるべくひとりにしない気遣いがうれしい。たまに都合がつくときには香奈も彼に同行して、海外でのサポートを楽しんでいる。

来春予定されている結婚式の準備も少しずつはじまり、先日は海里の父がデザインしたウエディングドレスが先に完成したばかり。各界から多くの人を招き、盛大な披露宴になるだろう。

言の葉ライブラリーが閉館の危機に晒《さら》されているのは変わらず、職員の間にも動揺が広がっている。業務の移管先が見つからなければ、年明け早々にも正式に図書館を閉めると聞く。

今日は閉館時刻を繰り上げると館長から達しがあった。なにやら発表があると聞いたから、おそらくその話だろう。

(とうとうここの閉館が決まっちゃったのかな)

職員の中にはそろそろ就活が必要かもしれないという声もちらほらあり、香奈も気持ちが落ち着かない。

ここは、子どもの頃から香奈の大切な居場所のひとつだった。ほんの数カ月とはいえ、海里と一緒に過ごした思い出の場所でもある。

そこがなくなるなんて考えたくなかった。

『香奈は香奈らしく、今のままでいれば大丈夫だ』

海里はそう言って応援してくれるが、彼にしては今ひとつ説得力に欠ける言葉に、香奈は曖昧に頷くしかなかった。

お昼休みに館内のカフェへ向かうと、窓際のテーブルに凪子の姿を見つけた。

「ここいいですか?」

「もちろん。どうぞ」

香奈が声をかけると、凪子は手で向かいの席を指した。

水を運んできた店員にサーモンのオープンサンドプレートを注文し、ふと凪子の手元を見る。

「お出かけするんですか?」

どこかのリゾート地だろうか。テーブルにパンフレットが広げられている。

「そうなの。年末年始のお休みにちょっとね。暗い気分を払しょくしたくて」

凪子も図書館の閉館に心を痛めているひとりだ。

その話が出てからというもの、館内はどことなく活気がない。これまで頻繁にあった企画は少なくなり、職員たちも一様に沈んだ表情なのだ。

そんなムードを打破しようと香奈はいろいろと提案するが、どれも実現には至っていない。

でもだからと言って手をこまねいて見ていたくはない。香奈は最後まで諦めずに言の葉ライブラリーを盛り上げようと考えていた。

「それもいいかもしれませんね」

何気なくパンフレットを見ると、見覚えのある写真が掲載されていた。

白い砂浜が続くプライベートビーチ、パームツリーやブーゲンビリア、ビーチパラソルの色。どれもこれも香奈が知っている景色——あのリゾートだ。

「そこ、とっても素敵ですよね」

「あら、香奈ちゃん、行ったことがあるの？」

パンフレットから顔を上げ、凪子が目を丸くする。

「はい。じつは夫と出会った場所なんです」

「こんなところで出会うなんてロマンティックね〜。それじゃ、私にも素敵な出会いがあるかしら」

両手を胸の前で組んで揺らし、うっとりするようにしてから、テーブルに身を乗り出す。

「あるかもしれませんよね」

「楽しみだわ。年末年始、香奈ちゃんはどこかに行かないの？」

「年末年始の予定はまだなにも話してないです」

海里のことだから、香港へ行ったときのように唐突に思い立ってプライベートジェットで飛ぶかもしれない。ここ二カ月の間にも韓国《かんこく》料理が食べたくなれば韓国へ、コスモスが見たくなったと福岡《ふくおか》県の能古島《のこのしま》など自由気ままに行ってきた。

そうしてちょくちょく出かけているため、改まってしっかり予定を立てないほうが自然かもしれない。

そんな中、海里は珍しく明日からの四日間は仕事を休んで付き合ってほしいと、前もって香奈に言ってきた。仕事なのかプライベートなのか、言葉を濁されてしまったけれど。

快く休みを了承してくれた職場のみんなには感謝だ。

凪子と楽しげにページをめくっていると、店員が料理を運んできた。

「お待たせいたしました。タコライスプレートです」

ここの新メニューだ。凪子はパンフレットを手早くまとめてテーブルの端に寄せた。

裏返しになったそれをなんとはなしに見た香奈は、ある言葉に目が吸い寄せられる。

〝YAGUMO presents〟とあったのだ。

(これってもしかして、海里さんの会社……?)

あそこは何年か前に経営破綻し、べつの企業が再建したらしいが、それが八雲グループ傘下の企業なのだろうか。

咄嗟に手元のスマートフォンでリゾートのホームページに飛ぶ。

(……やっぱりそうだ)

会社概要をタップすると、そこにYAGUMOホールディングスの名があった。

(海里さんがここを再建していたなんて)

香奈はまったく知らなかった。

様々な国で開発を手掛けているから、ここもそのうちのひとつに過ぎず、いちいち香奈に報告するまでもないという考えだろう。

「どうかした?」

「あ、いえっ、タコライス、おいしいですか?」

「おいしいよ。香奈ちゃんも今度食べてみて」

「はい」

そう言っている間にサーモンのオープンサンドが運ばれてくる。

「お待たせいたしました。ごゆっくりどうぞ」

　バケットにスモークサーモンとゆで卵のスライスが彩りよく乗った一品は、香奈のお気に入り。いただきますと手を合わせ、早速口に運んだ。


その日の午後四時、香奈をはじめとした職員たちは普段、読み聞かせの企画などで使っている館内の一室に集められた。

教室型に並べられた長机のひとつに凪子と並んで座る。

「ここ、本当になくなっちゃうのかな」

「やっぱり継続は厳しいのかもね」

集まった職員たちは誰も彼も不安そうに囁き合った。

次の職場を考えている人もいる中、香奈は言の葉ライブラリー以外の図書館で働く自分をどうしても想像できない。本が好きならどの図書館でも同じだろうと言う人もいるかもしれないが、本だけでなく、香奈はこの場所が好きだからだ。

（私、わがままなのかな……）

でも、誰にだって譲れないものはあるだろう。それが香奈にはこの図書館だっただけだ。

（まだどうなるか決まったわけじゃないんだもの。悲観するのはやめよう）

自分に言い聞かせていると、館長が入ってきた。ビン底メガネに隠された表情は伺い知れない。いつもしていないネクタイを着用しているせいか、どことなく真剣な様子が漂い、香奈たちに緊張が走る。

「お待たせしました」

いわゆる教壇の位置に立ち、館長が話しだした。

「言の葉ライブラリーの行く末について、皆さんには心配をおかけして申し訳ありません。この場を借りて、お詫びします。ええとですね……」

そこで言い淀む館長を見て、職員の誰もが〝やっぱり閉館だ〟と察したそのとき、彼の顔がぱあっと光を灯したように明るくなる。

「じつは業務移管を引き受けてくださるところが見つかったんです」

そこまで早口で言いきった館長は、自分に向けて大きな拍手をした。

一瞬ぽかんとし、後れをとった職員たちがいっせいに声を上げる。

「ええっ、本当ですか⁉」

「すごい！　やったー！」

驚きと安堵のあまり、香奈はひと言も発せられない。まだ閉館が決まったわけじゃないと自分に言い聞かせていたのは強がりだったのだ。

「よかったわね、香奈ちゃん」

隣に座る凪子に言われ、そこでようやく「はい！」と返事ができた。

職員たちのそんな様子を微笑ましい顔をして見守っていた館長は、「まあまあ」と両手で宥め、静かになったところで続ける。

「ええ、そこでですね、皆さんにご紹介したい方がいます。この言の葉ライブラリーの新しいオーナーです」

館長はそう言ってドアに向かって目配せをした。その向こうに新オーナーが控えているようだ。

みんなの視線が一点に集中する中、ドアが開く。

一歩、また一歩とゆっくり足を進めて入ってきた人物を見て、香奈は呆けたように口を半開きにした。

「香奈ちゃん、どういうこと⁉」

隣の凪子が目を丸くして香奈の肩を揺する。

「……私もなにがなんだかわからなくて」

館長に促されて颯爽と現れたのは、海里だったのだ。

すぐに香奈を見つけ、軽く目を細めて微笑む。

（言の葉ライブラリーの移管先が海里さんの会社なの？）

職員の女性たちがにわかに色めき立つ。みんなに結婚の報告はしていたが、相手を知っているのは凪子だけ。この分だと香奈の夫がどういう人物か、館長も今日知ったに違いない。

海里は、館長が退いた場に立ってみんなを見回した。

「初めまして、ＹＡＧＵＭＯホールディングスの八雲です。本日はお時間を取ってくださりありがとうございます」

彼の名乗りを聞き、職員たちが口々にひそひそと騒ぎはじめる。

「香奈ちゃんも八雲よね？」

「ただの偶然？」

「えっ、香奈ちゃんの旦那さまって、あのYAGUMOホールディングスの人なの？」

「だけど香奈ちゃんもオトワ飲料の社長令嬢だものね。あり得ない組み合わせじゃないでしょ」

視線の集中砲火を浴び、香奈は顔を上げられなくなる。

海里はざわめきを気にせず先を続けた。

「皆さんお疲れだと思いますので、手短にお話しします。言の葉ライブラリーは今後、YAGUMOホールディングスが責任を持って運営していく所存です。図書館は公共の施設であり、採算が取れなくても必要な施設。誰もが知識や情報を得ることのできる知的インフラなのです」

知的インフラ。あまり聞き慣れない言葉が、香奈の心に妙に響いた。

図書館は本との出会いはもちろん、人と人との出会いを生み出す場所であり、人の知識欲を満たす基盤なのだ。維持し続けることが大事である。

「図書館は命に関わる施設でないため、なくなったからといってすぐになにかが変わるわけではありません。存在意義がわかりづらい施設です。しかし私は、図書館が与える豊かさは確実にあると信じています」

香奈はまさに身をもってそれを体験している。ここで本の世界が広がり、夢を育み、海里や凪子をはじめとした人たちと出会えた。

ここがなければ決して得られなかったものばかりだ。

「運営にかかる費用はすべて私が請け負います。皆さんは、これからもやりたいことを思う存分、言の葉ライブラリーで実践してください。私からは以上です」

海里はそう締めくくってから、スマートな振る舞いで館長に場を譲った。

頼もしい言葉の数々が、海里をより魅力的に見せる。見慣れているはずのスーツ姿は、いつも以上に知的で素敵だった。

図書館の存続が決まった喜びが職員の間に広がる。その中には、海里と香奈の関係をあれこれ推測する、楽しげな声も交じっていた。


その日、帰宅した香奈は海里の帰宅を待ちわびていた。

図書館にセンセーショナルに現れた彼は、あのあと仕事があるとすぐに会社に戻ったため、香奈はまだ直接話をしていない。

海里が去ると香奈は職員たちから質問攻めにあい、その様子は有名人の囲み取材さながらだった。

『ロマンティックな出会いだったそうですね』

『どちらから告白したんですか？』

『プロポーズの言葉は？』

顔を真っ赤にしながらどれも真面目に答える香奈に、『貴重な疑似体験でしょう？』と凪子は手でマイクを持つ真似をしてリポーターを気取っていた。

「海里さん、そろそろかな……」

今日は家事代行サービスが入ったため、ダイニングテーブルには栄養バランスの整った料理が準備万端、並んでいる。

時刻は午後七時。香奈が腕時計を確認したそのとき、玄関が開く音がした。

パタパタとスリッパの音を響かせて玄関へ急ぐ。

「海里さん！」

靴を脱いだ彼の前で立ち止まったが、勢いあまって抱きつく格好になってしまった。

「おっと、大丈夫？」

海里は咄嗟に抱き留め、香奈を支える。

「ずいぶんと熱烈な出迎えだ」

「ごめんなさい。それより言の葉ライブラリーのこと、どうして黙っていたんですか？」

くすっと笑った彼に、体勢を整えつつ質問をぶつけた。

決して怒っているのではない。とにかくびっくりしたことをわかってほしかった。

「あの場で発表したほうが、インパクトがあるだろう？」

海里が得意げに笑う。手柄を立てた子どもみたいに無邪気な笑顔だ。

それが狙いだとしたら大成功といっていい。あそこに海里が登場するなんて一ミリも考えなかった。

「心臓に悪すぎます」

「企業秘密で言えなかったんだ」

「そっか、そうですよね」

それなら仕方がない。

「不安にさせて悪かった」

ポンポンと頭を撫で、目を細める。

「ううん、あの場所を守ってくれてありがとう。もうあそこでは働けなくなるかもしれないって思っていたからうれしい」

企業だけでなく都や区にも働きかけたものの難航していると聞いていたため、きっと大丈夫と思ういっぽうで閉館の知らせも半分覚悟していた。

海里が手を上げるなんて発想は、まったくなかったから。

どことなく呑気に『香奈は香奈らしくいればいい』と言っていた理由が、種明かしをされてようやくわかった。

「それと、あの島」

「島？」

「私たちが出会った場所です。海里さんの会社が買っていたなんて知らなくてびっくりしたんですから」

「ああ、あそこね」

香奈の興奮とは対照的に海里は余裕綽々《しゃくしゃく》。優雅に頷きながら香奈をリビングへ誘う。ジャケットを脱いでダイニングチェアに掛け、ソファに腰を下ろした。

隣のスペースをトントンと手で優しく叩いて香奈を呼ぶ。

「今日、職場の先輩が見ていたパンフレットで気づいたの」

「そうか」

「そうかじゃなくて、〝ここ、俺の島〟って得意満面に言ってもいいのに」

億単位のお金が動いたに違いないのに、洋服や靴でも買うみたいにまるでなんてことのない表情だ。

「俺は控えめなタイプだって知らなかった？」

「知りませんでした」

いたずらっぽい笑みを浮かべる海里に笑って返す。

「じゃあ覚えておいて。俺は大切なものを守るために人知れず動く男だって」

「大切なもの？」

首を傾げて問い返すと、海里は香奈の両肩をそっと掴んで自分のほうへ向かせた。

「香奈と出会った島も一緒に過ごした言の葉ライブラリーも、香奈との大切な思い出の場所。だから失くしたくなかった」

図書館はまだしも、島の再建は香奈と再会する何年も前の話だ。もう二度と会わないかもしれない香奈との思い出を守るためだけに、海里はあの場所を手に入れていた。

そんな事実がじわじわと香奈の胸を高鳴らせていく。

「……海里さん、ずるい」

「ずるい？　それは心外だな」

「カッコよすぎてずるいんです」

不満そうに眉根を寄せた海里に強く訴えると、彼はふっと鼻から息を漏らして笑う。

「じゃあ褒め言葉ととっておこう」

香奈の額に唇を軽く押しあてた。

「俺はこれからも、香奈との思い出は大切にしていくつもりだ。打ち上げ花火を一緒にみた遊園地も、花文字や茶器を買った香港の店だって同じ」

貸し切り遊園地と花火のサプライズには、本当にびっくりした。

リビングにはふたりの名前を書いた花文字が、大きな写真立てに飾られている。海里に買ってもらった中国茶器は、ふたりのティータイムには欠かせない。

お互いの気持ちが読めなくて悩んだり迷ったりしながら過ごした時間は、香奈にとっても思い出深い大切なものだ。

もしも遊園地やその店が閉園や閉店の危機に晒されれば、海里は躊躇《ためら》いもせず支援の手を差し出すだろう。

改めて海里の大きく深い愛を感じて心が震える。彼を見つめる瞳が揺れるのを止められない。

「意外とロマンティストだろう？」

海里は茶化して笑った。きっと照れ隠しに違いないから、

「それ、自分で言いますか？」

香奈も乗じる。そう言った直後、ビーチで再会したときの光景がふと過った。

あのときもこんな会話をした記憶がある。

海里も思い出したのだろう。ふたりで顔を見合わせて笑い合った。

「さて、夕食を食べたら出かけよう」

香奈の手を取り、海里が唐突に立ち上がる。

「出かけるって今夜から?」

座ったまま彼を見上げる。てっきり明日の朝、出発するのかと思っていた。

「夜こっちを発って、朝にはモルディブだ」

「モルディブにも海里さんの会社が?」

人気の観光地だし、ECサイトだけでなく開発も手掛ける彼のことだから、そこにもリゾートがあるのかもしれない。

ところが海里は首を横にひと振りした。

「仕事じゃない。ハネムーンも兼ねたふたりだけの結婚式をしよう」

「でも結婚式は来年の春に……」

記憶違いかと一瞬不安になったが、予定は確実に入っている。

「それは招待客向け。モルディブでの結婚式は、香奈のウエディングドレス姿を俺が先にひとり占めするためのもの。そのためにドレスだけ先に作った。なんなら誰にも見せたくないくらいだ」

「そう、だったんですか」

驚きすぎて言葉がたどたどしくなる。

「以前、結婚式の話をしていたとき、海辺での挙式もいいなって言っていただろう?」

たしかにそんなふうに言ったかもしれない。しかし、それを本当に実現するとは思いもしない。

海里の行動は、香奈の想像の遥か上をいくようだ。たしかにオーダーも完成も早かったが、まさかふたりだけの結婚式のためだとは想像もしなかった。

「だけどドレス姿なんて独占しなくても」

見られて減るものでもないのにと、香奈は目をぱちぱちさせる。

「知らなかった? 俺、結構、独占欲強いんだけど」

「知らなかったような、知っているような……」

思い出の場所を残すために手に入れるのは、ある意味、独占欲の結果と言えるのかもしれない。

「それじゃ、これも覚えておいて。俺は香奈に関するものへの執着がひどく強い。これから香奈と訪れる場所すべてを手に入れようとするかも」

「全部？」

「そう、全部だ」

海里はもういっぽうの香奈の手を取り、引き上げて立たせた。

「どう？　俺の重い愛は。怖くなったか？」

穏やかに微笑みながら、香奈の目の奥を覗き込む。怖いと言われることなど、まるで想像していない自信に満ちた顔だ。

香奈は首を横に振った。もちろん期待に応えるためではない。

「海里さんにそこまで愛してもらって幸せ。それに私の愛もじつは重いです」

「へえ、どんなふうに？」

興味津々に海里が問いかける。

「高校三年生のとき、海里さんに教えてもらった英語の問題集、まだ持ってますから」

海里の書いた字を捨てられずに大切に保管してきた。部屋の整理や、ひとり暮らしをするタイミングで捨てる機会は何度かあったのに、手離せずに再び本棚にしまい込んだ。

「香奈の重い愛なら大歓迎だ。めでたく決着がついたところで、夕食を済ませてモルディブへ飛ぼう」

海里は香奈の唇に音を立ててキスをし、ダイニングテーブルに誘った。

＊＊＊

日本からプライベートジェットでおよそ十一時間。海里と香奈の姿は、コバルトグリーンに輝くラグーンの水上チャペルにあった。

日没に合わせてはじまったセレモニーは、神父と数人のスタッフのほかには誰もいない、まさにふたりだけのもの。あたり一面は夕焼けに染まり、ロマンティックな光景にため息が漏れる。

Ｌｅ・Ｍｏｎｅのデザイナーである海里の父がデザインしたウエディングドレスは、浅めのハートカットトップに細かい刺繍が施され、滑らかなシルクチュールのスカートシルエットがエレガントな印象を見せる。ロングトレーンで歩くたびにレースがさり気なく見えるのもポイントだ。

自分の父親ながら、香奈にとびきり似合うドレスをデザインする彼を海里は心から尊敬する。香奈はいつだって可憐で美しいが、今日はその魅力を存分に引き出されていた。

その姿は景色同様、視線を否応なく奪い、胸を甘くときめかす。

（香奈は驚いていたが、今日こうしてふたりだけの式を敢行してよかった。こんなに綺麗な香奈を俺ひとりで独占できるんだから）

刻一刻と暮れていく空の色が彼女を妖艶に映しだし、ベージュのショールカラータキシードに身を包んだ海里の体を熱くさせた。

聖書の言葉を引用した誓いの言葉が、神父により英語で紡がれていく。

『それでは誓いのキスを』

神父に促され、香奈と向かい合った。

「やっぱりここへふたりで来て正解だ。世界中の誰より綺麗だよ、香奈」

吐息交じりに囁くと、香奈は頬を染めてはにかんだ。

「ありがとう。海里さんもとっても素敵」

目に映る景色ごと切り取って永遠に保存できたらどれだけいいだろう。

せめてこの目にしっかり焼きつけ、心に大事にしまっておこうと瞳を潤ませた香奈を見つめる。

「こんなに愛しいと思うのは香奈だけだ」

「私もです」

「そんな顔をするな。今すぐ式を切り上げたくなる」

「変な顔してましたか？」

香奈が両手で頬を覆う。海里はその手を優しく掴んでそっと下ろした。

「そうじゃない。夜が待ち遠しいって意味」

今この時間を永遠にしたいと願うのと裏腹に、今すぐヴィラに籠って香奈を強く抱き潰したいと願う。

「ワインで乾杯くらいはさせてくださいね」

「いや、それはどうかな」

彼女の頬に手を添えて腰を屈めると、海里は艶やかな彼女の唇に口づけをした。

おわり

特別書き下ろし番外編

記憶に刻んだ記念日

ふたりが結婚して十カ月があっという間に過ぎた。

運命の再会からちょうど一年。爽やかな風が頬を撫でる五月の空の下、香奈は海里とふたりでスーパーマーケットへやってきた。

この数カ月、深優に料理を教わってきた香奈は、その腕前を今夜いよいよ海里に披露する。

ルーを入れるだけのカレーやシチューならお手の物だが、自分で味つけをするメニューは初めて。それ以外は家事代行サービスを利用したり外食に出かけたり、もしくは海里が作ってくれたりと甘えてきたが、いつまでも苦手だからと逃げたままではいたくない。

少しの緊張と、海里の喜ぶ顔を見られる期待に、買物の段階からドキドキだ。

カートを押す海里のそばで、食材をあれこれ選んでいく。

「なにをご馳走してくれるんだ？」

「まだ内緒。でも過大な期待は禁物です」

深優のおかげである程度は作れるようになったものの、ハードルはできるだけ下げておいたほうがいい。

「期待するなってほうが無理だろ。なにしろ香奈が何カ月も練習してきて、一生懸命作ってくれるっていうんだから」

「そうなんですけど、まだ自信はないので。……やっぱりサプライズにすればよかったかも」

こっそり準備して、ジャーン！と披露すれば、余計な緊張をせずに済んだかもしれない。

（海里さんが料理上手すぎるのよね）

だからつい力が入ってしまう。

「そう言うな。俺は香奈とこうして買物するだけで、めちゃくちゃ楽しいって感じる簡単な男だ。目玉焼きを焼いてもらっただけで涙を流したのを忘れたか？」

「あれは、私が振りかけた塩コショウでくしゃみが出ただけです」

思わずジト目で彼を見る。

「そうだったか？　ともかく香奈が作ってくれるものなら、なんだって喜ぶから心配するな」

いつものごとく頭を優しく撫でられ、あっさり笑顔を引き出された。香奈は相変わらず、この〝ポンポン〟に弱い。

「気楽にがんばります」

「その意気だ。香奈は真面目に考えすぎるところがあるから、肩の力を抜いてリラックスでいこう」

海里は香奈の肩を揉み、最後に軽くトンと叩いた。

（そうだよね。海里さんより上手に作れるはずがないんだから、開きなおっちゃおう）

店内を歩き回り、つい余計なものも手に取っているうちにカートがどんどん山になっていく。そうして隈なく歩いて品定めをしてから会計レジに並んでいると、隣のレーンから声をかけられた。

「あれ？　兄さんじゃないか」

海里の弟の駿だ。将来はＬｅ・Ｍｏｎｅを継ぎ、社長就任が決まっている。会うのは、結婚式以来だ。海里によく似たアーモンド型の目を黒縁メガネの奥で細めた。少し癖のある髪は、あえて無造作にした感じがおしゃれである。

「こんにちは」

「こんにちは、香奈さん」

香奈の挨拶に、駿が手を上げて応える。

「駿も買物か」

「ああ。この店、珍しいワインが置いてあるから」

彼が手にしたカゴにはボトルが三本入っていた。

(そういえば、駿さんの家もここから近いって言ってたよね)

香奈たちのマンションもこの店から車で五分程度なので、言うなればご近所さんだ。

「そうだ。これ、兄さんと香奈さんに」

駿は会計を済ませた赤ワインを一本差し出しつつ、香奈たちが並ぶレジのスタッフに「これ、会計済んでますので」とひと声かける。

「えっ、いいんですか?」

「もちろん。たまには兄さんに恩を売っておかないとね」

「計算高い男だな」

「計画性があると言ってくれ」

お互いに笑いながら冗談を飛ばす。

「ありがたく頂戴しておくよ」

駿の背中をトンと叩き、ボトルを受け取る海里の隣で、香奈は頭を下げた。

めてきた。

「ありがとうございます」

「香奈さん、兄さんの世話も大変だろうけど、よろしく頼みます」

「大変なもんか。俺ほど手がかからない男はいないぞ」

いたずらっぽく駿に言われ、海里が不服を申し立てる。〝な？〟と香奈に同意を求めてきた。

「自分で言ってりゃ世話ないな」

「でも海里さんの言うとおりなんです。私のほうが逆にお世話してもらっている感じかもしれません」

これは本当だ。なにしろ海里はなにからなにまで自分でササッとやってしまうから。

香奈の手はほぼ必要ない。

「香奈さんは謙虚だね」

「そうなんだよ、香奈は謙虚だし素直だしかわいいからな」

「それは御馳走様」

「海里さん、やめてください。恥ずかしいので……！」

海里の袖口を摘まんで引っ張った。

夫の欲目のオンパレードだ。それでなくても、先ほどからお客さんたちの視線をチラチラ感じて肩身が狭い。容姿端麗な男性がふたりも揃ったため注目の的になっているのだ。

「仲がよくてなにより」

「駿も早く相手を見つけたほうがいい。結婚はいいぞ?」

「はいはい」

駿は適当に相槌を打ち、「じゃ、俺はこれで」と袋を抱える。

「駿さん、ありがとうございました」

「どういたしまして」

手をひらりと振り、駿は香奈たちに背を向けて歩いていった。

帰宅し、キッチンカウンターに食材を広げる。

今すぐ使わないものは冷蔵庫やパントリーへ。合いびき肉や玉ねぎ、ケチャップやローリエなど今夜のメニューに使うものだけを並べた。

エプロンを着け、早速調理をスタート。玉ねぎの薄皮を向き、みじん切りにしていく。トントントンと軽快なリズムがキッチンに響いた。

「いい手つきじゃないか」

「海里さんは、あっちで待っていてください」

「そうはいくか。香奈のエプロン姿をじっくり堪能するチャンスなんだから」

「とか言いつつ、リボンを解かないでください」

意味ありげに腰に手を這わせ、エプロンの蝶結びを引っ張ろうとした海里にすかさず釘を刺す。

「バレたか」

「バレてます。私、真剣なんですから」

なにしろ今日は、海里と再会してちょうど一年の記念日。この日のために料理を習ってきたと言ってもいい。

(海里さんが記念日に気づいているのかはわからないけど)

一年前の今日は、香奈たちにとって三度目の正直の出会いだったから。偶然を仕掛ける神様には心から感謝している。

「それはもしかして今日は特別な日だから?」

「……海里さん、気づいていたの?」

「あたり前だろう。香奈との思い出深い日なら全部覚えてる」

そうだった。海里はそういったものへの執着が強いのだ。

「図書館で再会した日も？」

「もちろん。八月二十三日」

合っている。

「それじゃ、お見合いした日は？」

「六月一日」

それも当たっている。

初めてのデートも香港へ小旅行した日も、どれもこれも即答だった。

香奈はそのあたりの日付は曖昧だが、きっと合っているのだろう。

「すごい、海里さん」

目を真ん丸にして彼を見つめる。

「だろう？　ご褒美に香奈のお手製ハンバーグを早いところ食べさせてくれ」

「えっ？　どうしてハンバーグってわかったんですか？」

香奈はひと言も言っていない。

「そりゃあ材料を見ればだいたいたいね」

「さすが料理上手さんですね。正確には煮込みハンバーグですけど」

「煮込みハンバーグか、いいね」

海里の口に合うかはわからないが、深優には、はなまるをもらえたメニューである。

「嫌いじゃないですか？」

「香奈が手をかけたものに嫌いなものなんかない。っていうか大好きだ」

「よかった。すぐに作りますね」

再び玉ねぎのみじん切りに取りかかり、フライパンで飴色《あめ》に炒めていく。ひき肉に軽く塩をまぶして捏《こ》ね、卵や牛乳、しっかり計量した調味料を加えて混ぜ合わせた。

「手際がいいな」

フライパンをあたためたり油を引いたり、さり気なくサポートをしてくれていた海里が感心したように呟く。

「そうですか？　うれしいな」

お世辞だとわかっていても、褒められれば悪い気はしない。

「せっかくだからハンバーグはハートの形にしようか」

「海里さん、意外と乙女ですね」

「こう見えて心は乙女」

「ふふっ。じゃあそうしましょう」

ハートの形に成形し、フライパンに投入。すぐにいい匂いが漂ってきた。

焼き色をつけている間に完成させたデミグラスソースにハートのハンバーグを入れ、あとは煮込むだけだ。

「完成までどれくらい？」

「十分から十五分でしょうか」

キッチンタイマーをピピッと操作する。これをせずに焦がしたことが二度あった。

「じゃあ、その間は俺との時間にしよう」

「え？　俺との時間って――きゃっ」

海里は唐突に香奈を抱き上げ、キッチンカウンターに座らせた。

いたずらっぽい目をした彼が、腰を屈めて微笑む。

「なにするんですか？」

「なにって、仲のいい夫婦がすることと言ったら〝アレ〟だろう？」

いきなり熱っぽく煽情的に言われ、鼓動がひとつ弾む。香奈が想像したのは、もちろん〝アレ〟だ。

「でも料理中ですし」

「ここならキッチンタイマーの音は聞こえるし、煮え具合もよくわかる。夢中になっても心配いらない」

「だけど十分やそこらで……！」

夫婦の営みをするにはちょっと短すぎるのではないか。犬や猫じゃないのだから。

思わず首を横に振ると、海里はニヤリと唇の両端を上げた。

「いったいなにを想像してる？　俺はしりとりをしようと誘ったんだけど？」

「し、しりとり⁉」

「それとも香奈はここで俺といやらしいことをしたい？　まぁ、たまにはそういう趣向もいいかもしれないね」

「ち、違いますっ。海里さんが誤解を生むような言い方をするから！」

しかもキッチンカウンターに座らせるなど、意味深も甚だしい。すっかりそっち方向へ思考が傾いてしまった。

(それに、絶対わざと誤解するように言って私をからかったのよね)

香奈の反応をおもしろがっているに違いない。

海里が、いつものごとく香奈の頭をポンポンとする。

「頬を上気させちゃってかわいい。では、ご要望にお応えして」

海里はにこにこしながら香奈の顎に手を添え、顔の距離を一気に詰めた。

「待っ――んんっ」

有無を言わさず唇が重なる。強引に仕掛けたくせに甘いキスが、香奈を容易く陶酔の世界に引きずり込んでいく。

海里の唇には媚薬が塗られているに違いない。キスひとつで、いつだって香奈を陥落させるのだから。

「……しりとりは？　んっ……しない、の？」

口づけの合間に吐息交じりに問いかける。

「じゃあ〝キス〟」

「……〝好き〟」

「俺も」

「しりとりになってません」

「仕方ないよ、香奈が大好きなんだから」

鼻を擦り合わせ、海里が囁く。

「私も大好き」

「じゃあ、おあいこだ」

優しく笑い、海里が再び唇を重ねる。

じゃれ合うようなキスは結局、キッチンタイマーが鳴るまで続いた。

煮込みハンバーグも無事に完成。海里は「おいしい」と連呼しながら四つのうち三つをペロリと平らげた。

おわり

あとがき

こんにちは、紅カオルです。本作を最後までお読みくださり、ありがとうございました。

大富豪シリーズの第四弾、いかがだったでしょうか。第一弾から続く四作、どれも破格の大金持ちが登場していますが、すべてお読みいただけるとうれしいです。

皆さんは〝大富豪〟と聞くと、どんな人物を想像しますか? 私は断然、プライベートジェット(笑)。近所に出かけるようにして、プライベートジェットで気軽に海外へ出かけてしまう人たちです。それから油田持ちに遊園地の貸し切りなどなど、まさに住む世界が違いますよね。

海里はさらに、大切な思い出の場所が存続の危機に晒されるや否や、買い取って自分のものにしてしまうというスケールの大きなヒーローです。

香奈が働く職場は、私も大好きな図書館。呼吸も憚られるような静けさの中に身を置くと、自然と背筋が伸び、厳かな気持ちになります。そんな空間で声をひそめ、顔を近づけて好きな人と話すというドキドキもあったりなかったり。大学生のときには、私も海里や香奈のように図書館に入り浸ったものです。

今回のお話は、そのときのことを思い返しながら書きました。

九年の時を経て初恋を実らせたふたりの、両片想いのすれ違いをお楽しみいただけたら幸いです。

そしていつか、海里の弟の駿や姉想いの深優を主人公にしたお話を書けたらいいなと思います。

最後になりますが、今回もたくさんの方のご尽力のおかげで本作を世に出すことができました。シリーズものなので、読者の皆様にはぜひとも四作を読破していただきたいです。夜咲こん先生のカバーを並べて、私も楽しみながら読もうと思っています。

またこのような機会を通して皆様にお会いできますよう……。

紅《くれない》カオル

紅カオル先生への
ファンレターのあて先

〒104-0031
東京都中央区京橋1-3-1
八重洲口大栄ビル7F
スターツ出版株式会社　書籍編集部　気付

紅カオル先生

本書へのご意見をお聞かせください

お買い上げいただき、ありがとうございます。
今後の編集の参考にさせていただきますので、
アンケートにお答えいただければ幸いです。

下記URLまたは二次元コードから
アンケートページへお入りください。
https://www.ozmall.co.jp/enquete/IndexTalkappi.aspx?id=2301

覇王な辣腕CEOは取り戻した妻に熱烈愛を貫く【大富豪シリーズ】

2024年12月10日　初版第1刷発行

著　　者　紅カオル

発 行 人　菊地修一
デザイン　hive & co.,ltd.
校　　正　株式会社鷗来堂
発 行 所　スターツ出版株式会社
〒104-0031
東京都中央区京橋1-3-1　八重洲口大栄ビル7F
TEL　03-6202-0386（出版マーケティンググループ）
TEL　050-5538-5679（書店様向けご注文専用ダイヤル）
URL　https://starts-pub.jp/
印 刷 所　大日本印刷株式会社

Printed in Japan

ISBN 978-4-8137-1669-3　C0193

ベリーズ文庫　2024年12月発売

『覇王な辣腕CEOは取り戻した妻に熱烈愛を貫く【大富豪シリーズ】』紅《くれない》カオル・著

香奈は高校生の頃とあるパーティーで大学生の海里と出会う。以来、優秀で男らしい彼に惹かれてゆくが、ある一件により、海里は自分に好意がないと知る。そのまま彼は急遽渡米することとなり――。9年後、偶然再会するとなんと海里からお見合いの申し入れが!?　彼の一途な熱情愛は高まるばかりで…！

ISBN 978-4-8137-1669-3／定価781円（本体710円＋税10%）

『双子の姉の身代わりで嫁いだらクールな氷壁御曹司に激愛で迫られています』若《わか》菜《な》モモ・著

父亡きあと、ひとりで家業を切り盛りしていた優羽。ある日、生き別れた母から姉の代わりに大企業の御曹司・玲哉とのお見合いを相談される。ダメもとで向かうと予想外に即結婚が決定して!?　クールで近寄りがたい玲哉。愛のない結婚生活になるかと思いきや、痺れるほど甘い溺愛を刻まれて…！

ISBN 978-4-8137-1670-9／定価781円（本体710円＋税10%）

『孤高なパイロットはウブな偽り妻を溺愛攻略中～ニセ婚夫婦!?～』未《み》華《はな》空《そら》央《お》・著

空港で働く真白はパイロット・遥がCAに絡まれているところを目撃。静かに立ち去ろうとした時、彼に捕まり「彼女と結婚する」と言われて!?　そのまま半ば強引に妻のフリをすることになるが、クールな遥の甘やかな独占欲が徐々に昂って…。「俺のものにしたい」ありったけの溺愛を刻み込まれ…！

ISBN 978-4-8137-1671-6／定価770円（本体700円＋税10%）

『俺の妻に手を出すな～離婚前提なのに、御曹司の独占愛が爆発して～』惣領《そうりょう》莉《り》沙《さ》・著

亡き父の遺した食堂で働く里穂。ある日常連客で妹の上司でもある御曹司・蒼真から突然求婚される！　執拗な見合い話から逃れたい彼は1年限定の結婚を持ち掛けた。妹にこれ以上心配をかけたくないと契約妻になった里穂だったが――「誰にも見せずに独り占めしたい」蒼真の容赦ない溺愛が溢れ出して…!?

ISBN 978-4-8137-1672-3／定価792円（本体720円＋税10%）

『策士なエリート御曹司は最愛妻を溢れる執愛で囲う』きたみ まゆ・著

日本料理店を営む穂香は、あるきっかけで御曹司の悠希と同居を始める。悠希に惹かれていく穂香だが、ある日父親から「穂香との結婚を条件に知り合いが店の融資をしてくれる」との連絡が。父のためにとお見合いに向かうと、そこに悠希が現れて!?　しかも彼の溺愛猛攻は止まらず、甘さを増すばかりで…！

ISBN 978-4-8137-1673-0／定価770円（本体700円＋税10%）